中外名家经典作品选

演讲卷

兰东辉 主编

当代世界出版社

图书在版编目（CIP）数据

中外名家经典作品选·演讲卷 / 兰东辉主编. -- 北京：当代世界出版社，2012.7

ISBN 978-7-5090-0823-2

Ⅰ. ①中… Ⅱ. ①兰… Ⅲ. ①演讲－世界－选集 Ⅳ. ①I16

中国版本图书馆CIP数据核字(2012)第059703号

书　　名：	中外名家经典作品选·演讲卷
出版发行：	当代世界出版社
地　　址：	北京市复兴路4号（100860）
网　　址：	http://www.worldpress.com.cn
编务电话：	（010）83908456
发行电话：	（010）83908410（传真）
	（010）83908408
	（010）83908409
	（010）83908423（邮购）
经　　销：	新华书店
印　　刷：	三河市汇鑫印务有限公司
开　　本：	710mm×1000mm 1/16
印　　张：	13
字　　数：	138千字
版　　次：	2012年7月第1版
印　　次：	2012年7月第1次
书　　号：	ISBN 978-7-5090-0823-2
定　　价：	25.80元

如发现印装质量问题，请与承印厂联系调换。
版权所有，翻印必究；未经许可，不得转载！

目录

◎北大之精神
马寅初　　　　　　　　　　　1

◎不要抛弃学问
胡适　　　　　　　　　　　　5

◎知识的准备
胡适　　　　　　　　　　　　8

◎教育家的自家田地
梁启超　　　　　　　　　　　19

◎少年中国说
梁启超　　　　　　　　　　　24

◎为学与做人（节选）
梁启超　　　　　　　　　　　32

◎学问之趣味
梁启超　　　　　　　　　　　38

◎无声的中国
鲁迅　　　　　　　　　　　　44

◎老调子已经唱完
鲁迅　　　　　　　　　　　　50

◎今
李大钊   58
◎提倡儿童科学教育（节选）
陶行知   64
◎在北大的演讲
王选   68
◎人生的境界：单纯、丰富、宁静
周国平   73
◎每一条河流都有自己的生命曲线
俞敏洪   85
◎把平凡的日子堆砌成伟大的人生
俞敏洪   91
◎我的治学经历与体会（节选）
杨振宁   102
◎小说写作的指路明灯
[英]戈文·史密斯   108
◎哲学开讲辞
[德]黑格尔   113
◎临死前的演说（节选）
[古希腊]苏格拉底   117
◎巴尔扎克葬词
[法]维克多·雨果   121

◎在莫泊桑葬礼上的演说

[法]爱弥尔·左拉　　　　　　　　　　126

◎莎士比亚纪念日的讲话

[德]歌德　　　　　　　　　　　　　130

◎在马克思墓前的讲话

[德]恩格斯　　　　　　　　　　　　137

◎责任、荣誉、国家

[美]道格拉斯·麦克阿瑟　　　　　　141

◎不自由，毋宁死

[美]帕特里克·亨利　　　　　　　　149

◎葛底斯堡演说

[美]亚伯拉罕·林肯　　　　　　　　154

◎我有一个梦想

[美]马丁·路德·金　　　　　　　　157

◎我们的共同人性更重要

[美]比尔·克林顿　　　　　　　　　164

◎我们所肩负的责任

[美]西奥多·罗斯福　　　　　　　　169

◎我们惟一不得不害怕的就是害怕本身（节选）

[美]富兰克林·罗斯福　　　　　　　174

◎历史上常有惊人的相似之处

[德]卡尔·马克思　　　　　　　　　179

◎人类的良心

[法]法朗士　　　　　　　　　　　　184

◎奥林匹克精神

[法]顾拜旦　　　　　　　　　　　　191

◎地球在转动

[意大利]伽利略　　　　　　　　　　196

北大之精神

马寅初

> 欲使人民养成国家观念，牺牲个人而尽力于公，此北大之使命，亦即吾人之使命也。

今日为母校二十九周年纪念，令人发生深切之印象。现学校既受军阀之摧残而暂时消灭，但今天之纪念会，仍能在杭州举行，聚昔日师友同学至二百数十人之多，可见吾北大形质暂时虽去，而北大之精神则依然存在。

回忆母校自蔡先生执掌校务以来，力图改革。五四运动，打倒卖国贼，作人民思想之先导。此种虽斧钺加身毫无顾忌之精神，国家可灭亡，而此精神当永久不死。然既有精神，必有主义，所谓北大主义者，即牺牲主义也。服务于国家社会，不顾一己之私利，勇敢直前，以达其至高之鹄的。

苟有北大之牺牲精神，无论举办何事，则结果之良好，俱可期而待。今以浙江一省而论之，如以北大牺牲精神，移办政府与党务，则不出一年，必可为全国之模范省。盖浙江现时之地位，较他省优良之点甚多。财政之统一，一也：浙江之财政厅，尚能统辖全省财政，较之江苏、安徽、福建等省，俱远过之。江苏因为孙传芳之战事未了，所统一者仅长江以南之一部分；安徽在前数月间虽征收税吏，俱归二三军队首领所委派；福建即菜担妓女，亦俱贴印花，其财政上之紊乱，可以想见；至湖广江西等省，更无须深论矣。金融之平稳，二也：全省无滥发纸币，引起金融之扰乱。军队之统一，三也。教育之优良完全，四也。此次革命军兴，全省所受之损失不大，五也。既具此五种之优点，苟政治能上轨道，办事人员俱抱北大精神而徐图改革，则将来之浙江，必较今日可以远胜万倍。

虽然，欲图改革，必须自环境之改造入手。重心不在表面，而在人心。今日国家社会之所以每况愈下，根本原因，在于吏治之不良，道德之堕落。如寅初回浙未久，而请寅初代谋统捐局长者，不知凡几，且有欲寅初推荐往禁烟局者。彼辈之心理，以为寅初现正在反对禁烟局，则寅初推荐之人员，禁烟局不敢不留用。际此生活困难之时，在政界谋事，果属生活问题，情尚可原。然来寅初处谋事之人，甚至预先说价，必须月薪至若干元以上，或有其他不正当之收益者而后可。是故中国大半人民，虽其私人道德亦有甚好者，但脑筋中实无一"公"字之印象。故公家观念之薄弱，已达极点，而对一己之升官发财，譬诸厕所之苍蝇，群相鹜集。故无论何界，苟有一人稍有地位，则其亲戚朋友，全体联带而为其属下，家庭观念之深切，世无其右。当知吾人对于国家社会之义务，应以人民之幸福为前提，不当以个人弥补亏空或物质享受为目的。北大昔日既为群众之导师，今而后当如何引导人民，打破家庭观念，而易以团体观点；打破家庭主义，而易以国家主义，恢复人生固有之牺牲精神。否则，若仅有表面之革命，恐虽经千百次，于国家于社会仍无补于事也。

且中国人民之心理，对公家事，若不相干，可以不负责任。如寅初此次反对鸦片，时有人以"在此种社会何必做恶人"之语来相劝勉。若寅初家中妇女如作此语，寅初本可不加深责，然此种浅薄之语，竟发诸现在之官吏与夫东西留学生之口。呜呼！一人公正之勇气能有几何？今不以努力助鼓励，而反以冷水浇头，人心至此，可深浩叹！中国人以"不"字为道德，如不嫖不赌，不饮酒，不吸烟，果属静止之道德，然缺乏相当之努力，与夫牺牲之精神，以尽人生应有之义务。虽方趾圆颅，实类似腐尸。西人谓life is activity，否则，反不如截发入山，做和尚之为愈，何必在世上扰扰哉。

是故以北大之精神，牺牲于社会，对于全国，或以范围过大，尚须相当时日，若仅浙江一省，则改造之目的，诚可立而待也。欲使人民养成国家观念，牺牲个人而尽力于公，此北大之使命，亦即吾人之使命也。举凡战胜环境，改造人心，驱除此等奄奄待毙不负责任之习俗，诸君当与寅初共勉之！

心香一瓣

  1927年12月，在杭州北大同学会举行的纪念北大建校29周年集会上，北大经济系教授马寅初先生发表了这篇演讲。

  关于北大精神的概括，历来五花八门，马寅初先生将之概括为为了国家与社会的牺牲精神。这与当时的社会环境有关，虽然其具体内涵会随着社会发展进步而有所不同，但对于国家兴衰、社会进退的责任担当却永远是这种精神的核心。

  大学，是思想文化的策源地，是守望人类文明的灯塔，是捍卫社会正义与良知的阵地。

  对国家与社会进步的这种责任担当，不仅是北大之精神，也应该是所有大学之精神的圭臬。

「作者简介」

  马寅初（1882—1982），中国当代经济学家、教育学家、人口学家。1957年因发表"新人口论"方面的学说而被打成右派，党的十一届三中全会后得以平反。他一生著述颇丰，特别对中国的经济、教育、人口等方面有很大的贡献。著有《新人口论》、《马寅初文集》等。

不要抛弃学问

胡适

> 凡是要等到有了图书馆方才读书的,有了图书馆也不肯读书。凡是要等到有了实验室方才做研究的,有了实验室也不肯做研究。

诸位毕业同学:

你们现在要离开母校了,我没有什么礼物送给你们,只好送你们一句话罢。

这一句话是:"不要抛弃学问。"以前的功课也许有一大部分是为了这张毕业文凭不得已而做的。从今以后,你们可以依自己的心愿去自由研究了。趁现在年富力强的时候,努力做一种专门学问。少年是一去不复返的,等到精力衰时,要做学问也来不及了。即为吃饭计,学问绝不会辜负人的。吃饭而不求学问,三年五年之后,你们都要被后进少年淘汰掉的。到那时再想做点学问来补救,恐怕已太晚了。

有人说："出去做事之后，生活问题亟须解决，哪有工夫去读书？即使要做学问，既没有图书馆，又没有实验室，哪能做学问？"

我要对你们说：凡是要等到有了图书馆方才读书的，有了图书馆也不肯读书。凡是要等到有了实验室方才做研究的，有了实验室也不肯做研究。你有了决心要研究一个问题，自然会撙衣节食去买书，自然会想出法子来设置仪器。至于时间，更不成问题。达尔文一生多病，不能多做工，每天只能做一点钟的工作。你们看他的成绩！每天花一点钟看十页有用的书，每年可看三千六百多页书，三十年读约十一万页书。

诸位，十万页书可以使你成一个学者了。可是，每天看三种小报也得费你一点钟的工夫；四圈麻将也得费你一点半钟的光阴。看小报呢，还是打麻将呢，还是努力做一个学者呢？全靠你们自己的选择！

易卜生说："你的最大责任是把你这块材料铸造成器。"

学问便是铸器的工具。抛弃了学问便是毁了你自己。

再会了！你们的母校眼睁睁地要看你们十年之后成什么器。

心香一瓣

活到老，学到老。毕业，只是校园生活的结束，并不意味着学习的结束。

"玉不琢，不成器；人不学，不知道。"追求真理、探求学问，应该是贯穿一个知识分子一生的话题。学问或者说知识的力量，就在于塑造和丰富人。

无论从事什么行业，一个人都要抱着一种探究的姿态，以认真的态度去钻研前进道路上遇到的各种困难。只有这样，才能不断成长和进步。

「作者简介」

胡适（1891—1962），原名嗣穈，学名洪骍，字希疆，后改名胡适，字适之，笔名天风、藏晖等。现代著名学者、诗人、历史家、文学家、哲学家。因提倡文学革命而成为新文化运动的领袖之一。

知识的准备

胡适

你们四年的研究和实验工作一定教过你们独立思考、客观判断、有系统地推理，和根据证据来相信某一件事的习惯。这些就是，也应当是，标示一个人是大学生的标志。

一

在这个值得纪念的仪式完毕之后，你们就被列入少数特权分子之列——大学毕业生。今天并不是标示着人生一段时期的结束或完毕，而是一个新生活的开始，一个真正生活和真正充满责任的开端。

大家对你们作为大学生毕业生的，总期望会与平常人有所不同，和大多数没有念过大学的人有所不同。他们预料你们言行会有怪异之处。

你们有些人或许不喜欢人家把你们视为与众不同、言行怪异的人。你们或许想要和群众混在一起，不分彼此。

让我们向你们保证，要回到群众中间，使人不分彼此，是一件容易做到的事。假如你们有这个愿望，你们随时都可以做到，你们随时都可以成为一个"好伙伴"，一个"易于相处的人"，——而人们，包括你们自己，马上就会忘记你们曾经念过大学这回事。

虽然大学教育当然不该把我们造成为"势力之徒"和"古怪的人"，可是我们大学毕业生一直保留一点儿与众不同的标志，却也不是一件坏事。这一点儿与众不同的标志，我相信，是任何学术机构的教育家所最希望造成的。

大学男女学生与众不同的这个标志是什么呢？多数教育家都很可能会同意地说，那是一个多少受过训练的脑筋，——一个多少有规律的思想方式——这会使得，也应当使得，受大学教育的人显出有些与众不同的地方。

一个头脑受过训练的人在看一件事是用批判和客观的态度，而且也用适当的知识学问为凭依。他不容许偏见和个人的利益来影响他的判断，和左右他的观点。他一直都是好奇的，但是他绝对不会轻易相信人。他并不仓促地下结论，也不轻易地附和他人的意见，他宁愿耽搁一段时间，一直等到他有充分的时间来查事实和证据后，才下结论。

总而言之，一个受过训练的头脑，就是对于易陷入于偏见、武断和盲目接受传统与权威的陷阱，存有戒心和疑惧。同时，一个受过训练的脑筋不是消极或是毁灭性的。他怀疑人并不是喜欢怀疑的缘故；也并不是认为"所有的话都有可疑之处，所有的判断都有虚假之处"。他之所以怀疑是为了确切相信一件事。为了要根据更坚固的证据和更健全的推理为基础，来建立或重新建立信仰。

你们四年的研究和实验工作一定教过你们独立思考、客观判断、有系统地推理，和根据证据来相信某一件事的习惯。这些就是，也应当是，标示一个人是大学生的标志。就是这些特征才使你们显得"与众不同"和"怪异"，而这些特征可能会使你们不孚众望或不受欢迎，甚至为你们社会里大多数人所畏避和摒弃。

可是，这些有点令人烦恼的特点却是你们母校于你们居留在此时间中，所教导你们而为此最感觉自豪的事。这些求知习惯的训练，如果我没有判断错误的话，也就是你们在大学里有责任予以培养起来的，回家时从这个校园里所带走的，并且在你们整个一生和在你们一切各种活动中，所继续不断地实行和发展的。

伟大的英国科学家，同时也是哲学家的赫胥黎（Thomas H.Huxley）曾说过："一个人一生中最神圣的行为就是口里讲，内心深感觉到这句话：'我相信某件事是实在的。'紧附在那个行为上的是人生存在世上一切最大的报酬和一切最严重的责罚。"要成功地完成这一个"最神圣的行为"，那应用在判断、思考，和信仰上的思想训练和规律是必要的。

所以在这一个值得纪念的日子，你们必须问自己的第一个问题就是：我是否获得所期望于为一个受大学教育的我所该有的充分知识训练吗？我的头脑是否有充分的装备和准备来做赫胥黎所说的"一个人一生中最神圣的行为"？

二

我们必须要体会到"一个人一生中最神圣的行为"也同时是我们日常所需做的行为。另一个英国哲学家弥尔（John Stuart Mill）曾说过："各个人每天每时每刻都需要确切证实他所没有直接观察过的事情……法官、军事指挥官、航海人员、医师、农场经营者（我们还可以加上一般的公民和选民）的事，也不过是将证据加以判断，并按照判断采取行动……就根据他们做法（思考和推论）的优劣，就可以决定他们是否尽其分内的职责。这是头脑所不停从事的职责。"

由于人人每日每时都需要思考，所以人在思考时，极容易流于疏忽，漠不关心，和习惯性的态度。大学教育毕竟难以教给我们一整套精通与永久适用的求知习惯，原因是其所需的时间远超过大学的四年。大学毕业生离开了他的实验室和图书馆，往往感觉到他已经工作得太劳累，思考得太辛苦，毕业后应当享受到一种可以不必求知识的假期。他可能太忙或者太懒，而无法把他在大学里刚学到而还没有精通的知识训练继续下去。他可能不喜欢标榜自己为受过大学教育"好炫耀博学的人"。他可能发现讲幼稚的话与随和大众的反应是一种调剂，甚至是一种愉快的事。无论如何，大学毕业生离开大学之后，最普遍的危险就是溜回到怠惰和懒散方式的思考和信仰。

所以大学生离开学校后，最困难的问题就是如何继续培养精稔实验室研究的思考态度和技术，以便将这种思考的态度和技术扩展到他日常思想、生活和各种活动上去。

天下没有一个普遍适用以提防这种懒病复发的公式。但是我们仍然想献给列位一个简单的妙计，这个妙计对我自己和对我的学生和朋友都很实用。

我所想要建议的是各个大学毕业生都应当有一个或两个或更多足以引起兴趣和好奇心的疑难问题，借以激起他的注意、研究、探讨，或实验的心思。你们大家都知道的，一切科学的成就都是由于一个疑难的问题碰巧激起某一个观察者的好奇心和想象力所促成的。有人说没有装备良好的图书馆和实验室是无法延续求知的兴趣。这句话是不确实的。请问阿基米德、伽利略、牛顿、法拉第，或者甚至达尔文或巴斯德究竟有什么实验室或图书馆的装备呢？一个大学毕业生所需要的仅是一些会激起他的好奇心，引起他的求知欲和挑激他的想法求解决的有趣的难题。那种挑激引发的性质就足够引致他搜集资料、触类旁通、设计工具，和建立简单而适用的试验和实验室。一个人对于一些引人好奇的难题不发生兴趣的话，就是处在设备良好的实验室和博物馆中，知识上也不会有任何发展。

　　四年的大学教育所给于我们的，毕业只不过是已经研究出来和尚未研究出来的学问浩瀚范围的一瞥而已。不管我们主修的是哪一个科目，我们都不应当有自满的感觉，以为在我们专门科目范围内，已经没有不解决的问题存在。凡是离开母校大门而没有带一两个知识上的难题回家去，和一两个在他清醒时一直缠绕着他的问题，这个人的知识生活可以说是已经寿终正寝了。

　　这是我给你们的劝告：在这一个值得纪念的日子里，你们该花费几分钟，为你们自己列一个知识的清单，假如没有一两个值得你们下决心解决的知识难题，就不轻易步入这个大世界。你们不能带走你们的教授，也不能带走学校的图书馆和实验室。可是你们带走几个难题。这些难题时刻都会使你们知识上的自满和怠惰下来的心受到困扰。除非你们向这些难题进攻，并加以解决，否则你们就一直不得安宁。那时候，你们看吧，在处理和解决这些小难题的时候，你们不但使你们思考和研究的技术逐渐纯熟和精稔，而且同时开拓出知识的新地平线并达到科学的新高峰。

三

这种一直有一些激起好奇心和兴趣疑难问题来刺激你们的小妙计有许多功用。这个妙计可使你们一生中对研究学问的兴趣永存不灭，可开展你们新嗜好的兴趣，把你们日常生活提高到超过惯性和苦闷的水准之上。常常在沉静的夜里，你们突然成功地解决了一个讨厌的难题而很希望叫醒你们的家人，对他们叫喊着说："我找到了，我找到了！"那时候给你们的是知识上的狂喜和很大的乐趣。

但是这种自找问题和解决问题方式最重要的用处，是在于用来训练我们的能力，磨练我们的智慧，而因此使我们能精稔实验与研究的方法和技术。对思考技术的精稔可能引使你们达到创造性的知识高峰；但是也同时会渐渐地普遍应用在你们整个生活上，并且使你们在处理日常活动时，成为比较懂得判断的人，会使你们成为更好的公民，更聪明的选民，更有知识的报纸读者，成为对于目前国家大事或国际大事一个更为胜任的评论者。

这个训练对于为一个民主国家里公民和选民的你们是特别重要的。你们所生活的时代是一片充满了惊心动魄事件的时代，一个势要毁灭你们政府和文化根基的战争时代。而从各方面拥集到你们身上的是强有力不让人批驳的思想形态，巧妙的宣传，以及随意歪曲的历史。希望你们在这个要把人弄得团团转的旋风世界中，要建立起你们判断力，要下自己的决心，投你们的票，和尽你们的本分。

有人会警告你们要特别提高警惕，以提防邪恶宣传的侵袭。可是你们要怎样做才能防御宣传的侵入呢？因为那些警告你们的人本身往往就是职业的宣传员，只不过他们罐头上所用的是不同的商标；但这些罐头里照样是陈旧的和不准批驳的东西。

例如，有人告诉你们，上次世界大战所有一切唯心论的标语，像"为世界民主政治的安全而战"和"以战争来消弭战争"，这些话，都是想讨人欢喜的空谈和烟幕而已。但是揭露这件事的人也就是宣传者，他要我们全体都相信美国之参加上次世界大战是那些"担心美元英镑贬值"放高利贷者和发战争财者所促成的。

再看另一个例子。你们是在一个信仰所培养之下长大起来的。这些信仰就是相信你们的政府形式，属于人民的政府，尊敬个人的自由特别是相信那保护思想、信仰、表达，和出版等自由的政府形式是人类最伟大的成就之一；但是我们这一代的新先知们却告诉你们说，民主的代议政府仅是资本主义制度下的一个必然的副产品，这个制度并没有实质的优点，也没有永恒的价值；他们又说个人的自由并不一定是人们所希求的；为了集体的福利和权力的利益起见，个人的自由应当视为次要的，甚至应当加以抑压下去的。

这些和许多其他相反的论调到处都可以看到听到，都想要迷惑你们的思想，麻木你们的行动。你们需要怎么样准备自己来对付一切所有这些相反的论调呢？当然不会是紧闭着眼睛不看，掩盖着耳朵不听吧。当然也不会躲在良好的古老传统信仰的后面求庇护吧，因为受攻击和挑衅的就是古老的传统本身。当然也不会是诚心诚意地接受这种陈腔滥调和不准批驳的思想和信仰的体系，因为这样一个教条式的思想体系可能使你们丢失了很多的独立思想，会束缚和奴役你们的思想，以致从此之后，你们在知识上说，仅是机械一个而已。

你们可能希望能保持精神上的平衡和宁静，能够运用你们自己的判断，惟一的方法就是训练你们的思想，精稳自由沉静思考的技术。使我们更充分了解知识训练的价值和功效的就是在这知识困惑和混乱的时代。这个训练会使我们能够找到真理——使我们获得自由的真理。

关于这种训练与技术，并没有什么神秘的地方。那就是你们在实验室所学到的，也就是你们最优秀的教师终生所从事的，而在你们研究论文上所教你们的方法，那就是研究和实验的科学方法。也就是你们要学习应用于解决我所劝你们时刻要找一两个疑难问题所用的同样方法。这个方法，如果训练得纯熟精通，会使我们能在思考我们每天必须面对有关社会、经济、和政治各项问题时，会更清楚，会更胜任的。

以其要素言，这个科学技术包括非常专心注意于各种建议、思想和理论，以及后果的控制和试验。一切思考是以考虑一个困惑的问题或情况开始的。所有一切能够解决这个困惑问题的假设都是受欢迎的。但是各个假设的论点却必须以在采用后可能产生的后果来作为适用与否的试验，凡是其后果最能满意克服原先困惑所在的假设，就可接受为最好和最真实的解决方法。这是一切自然、历史和社会科学的思考要素。

人类最大的谬误，就是以为社会和政治问题简单得很，所以根本不需要科学方法的严格训练，而只要根据实际经验就可以判断，就可以解决。

但是事实却是刚刚相反的。社会与政治问题是关连着等待千千万万人命和福利的问题。就是由于这些极具复杂性和重要性的问题是十分困难的，所以使得这些问题到今日还没有办法以准确的

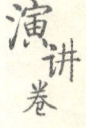

定量衡量方法和试验与实验的精确方法来计量。甚至以最审慎的态度和用严格的方法无法保证绝无错误。但是这些困难却省免不了我们用尽一切审慎和批判的洞察力来处理这些庞大的社会和政治问题的必要。

两千五百年前某诸侯问孔子说："一言而可以兴邦，……一言而丧邦有诸？"

想到社会与政治的问题，总会提醒我们关于向孔子请教的这两个问题，因为对社会与政治的思考必然会连带想起和计划整个国家、整个社会，或者整个世界的事。所以一切社会与政治理论在用以处理一个情况时，如果粗心大意或固守教条，严重的说来，可能有时候会促成预料不到的混乱、退步、战争和毁灭，有时就真的是一言兴邦、一言丧邦。

刚就在前天，希特勒对他的军队发出一个命令，其中说到一句话：他要决定他的国家和人民未来一千年的命运！

但希特勒先生一个人是无法以个人的思想来决定千千万万人的生死问题。你们在这里所有的人需要考虑你们即将来临的本地与全国选举中有所选择，所有的人需要对和战问题表达意见，并不决定。是的，你们也会考虑到一个情况，你们在这个情况中的思考是正确、是错误，就会影响千千万万人的福利，也可能直接或间接地决定未来一千年世界与其文化的命运！

所以为少数特权阶级的我们大学男女，严肃地和胜任地把自己准备好，以便像在今日的这个时代，这个世界，每日从事思考和判断，把我们自己训练好，以便作有责任心的思考，乃是我们神圣的任务。

有责任心的思考至少含着三个主要的要求：第一，把我们的事实加以证明，把证据加以考查；第二，如有差错，谦虚地承认错误，慎防偏见和武断；第三，愿意尽量彻底获致一切会随着我们观点和理论而来的可能后果，并且道德上对这些后果负责任。

　　怠惰的思考，容许个人和党团的因素不知不觉地影响我们的思考，接受陈腐和不加分析的思想为思考之前提，或者未能努力以获致可能后果，来试验一个人的思想是否正确等等就是知识上不负责任的表现。

　　你们是否充分准备来做这件在你们一生中最神圣的行动——有责任心的思考？

心香一瓣

读大学究竟有什么用？大学毕业生该如何给自己定位？胡适的这篇文章给了我们很大的启发。

大学给予我们的绝不仅仅是丰富的知识，更多的是思维方式的培养。它促使我们以更加成熟、理智的方式思索人生与社会，在潜移默化中影响着我们的世界观、人生观和价值观。

每个大学生都应该带着一两个问题走出校门，对自己、对社会进行有责任心的思考，不断丰富和完善自己的人格。如此，才能算是一个合格的毕业生。

「作者简介」

胡适（1891—1962），原名嗣穈，学名洪骍，字希疆，后改名胡适，字适之，笔名天风、藏晖等。现代著名学者、诗人、历史家、文学家、哲学家。因提倡文学革命而成为新文化运动的领袖之一。

教育家的自家田地

梁启超

"知之者不如好之者,好之者不如乐之者。"一个人对于自己劳作的环境,能够"好之乐之",自然会把厌倦根子斩断了。从劳作中得着快乐,这种快乐,别人要帮也帮不来,要抢也抢不去,我起他一个名叫做"自家田地"。

今天在座诸君,多半是现在的教育家或是将来要在教育界立身的人。我想把教育这门职业的特别好处,和怎样的自己受用法,向诸君说说。所以题目叫做"教育家的自家田地"。

孔子屡次自白,说自己没有别的过人之处,不过是"学而不厌,诲人不倦"。他的门生公西华听了这两句话便赞叹道:"正唯弟子不能及也。"我们从小就读这章书,都以为两句平淡无奇的话,何以见得便是一般人所不能及呢?我年来积些经验,把这章书越读越有味,觉得:学不难,不厌却难;诲人不难,不倦却难。孔子特别过人处和他一生受用处,的确就在这两句话。不厌不倦,是孔子人生哲学第一要件。

厌倦是人生第一件罪恶,也是人生第一件苦痛。厌倦是一种想脱离活动的心理现象。换一句话说,就是不愿意劳作。你想,一个人不是上帝特制出来充当消化面包的机器,可以一天不劳作吗?只要稍为动一动不愿意劳作的念头,便是万恶渊薮。一面劳作,一面不愿意,拿孔子的话翻过来说:"居之倦则行之必不能以忠。"不忠实的劳作,不惟消失了劳作效率,而且可以生出无穷弊害,所以说厌倦是人生第一件罪恶。换个方面看,无论何等人,总要靠劳作来维持自己生命。任凭你怎样的不愿意,劳作到底免不掉。免是免不掉,愿是不愿意,天天皱着眉哭着脸去做那不愿做的苦工,岂不是活活把自己关在第十八层地狱?所以说厌倦是人生第一件苦痛。

诸君听我这番话,谅来都承认不厌倦是做人第一要件了。但怎样才能做到呢?厌倦是一种心理现象,然而心理却最是不可捉摸的东西;天天自己劝自己说不要厌呀!不要倦呀!他真是厌倦起来,连自己也没有法想。根本救治法,要从自己劳作中看出快乐。——看得像雪一般亮,信得像铁一般坚。那么,自然会兴会淋漓地劳作去,停一会都受不得,哪里还会厌倦?再拿孔子的话来说,"知之者不如好之者,好之者不如乐之者。"一个人对于自己劳作的环境,能够"好之乐之",自然会把厌倦根子斩断了。从劳作中得着快乐,这种快乐,别人要帮也帮不来,要抢也抢不去,我起他一个名叫做"自家田地"。

无论做任何职业的人,都各自有他的自家田地。但要问哪一块田地最广阔最大最丰富,我想再没有能比得上教育家的了。教育家日日做的、终身做的不外两件事，一是学，一是诲人。学是自利，诲人是利也。人生活动目的，除却自利利他两项外便是有何事？然而操别的职业的人，往往这两件事当场冲突——利得他人便不利自己，利得自己便不利他人。就令不冲突，然而一种活动同时具备这两方面效率者，实在不多。教育这门职业却不然，一面诲人，一面便是学；一面学，一面便拿来诲人。这两种都要继续。第二，这种快乐任凭你尽量享用不会生出后患，所以能彻底。第三，拿被教育人的快乐来助成自己的快乐，所以能圆满。乐哉教育！乐哉教育！

东边邻舍张老三，前年去当兵，去年做旅长，今年做师长，买了几多座洋房讨了几多位姨太太；西边邻舍李老四，前年做议员，去年做次长，今年做总长，天天燕窝鱼翅请客，出门一步都坐汽车。我们当教育家的，中学吗，百来块钱薪水，小学呢，十来二十块。每天上学堂要几点钟，讲得不好还要挨骂，回家来吃饭只能吃个半饱。苦哉教育！苦哉教育！不错，从物质生活看来，他们真是乐，我们真是苦了。但我们要想一想：人类生活，只有物质方面完事吗？燕窝鱼翅，或者真比粗茶淡饭好吃，吃的时候果然也快活，但快活的不是我，是我的舌头；我操多少心弄把戏，还带着将来担惊受怕，来替这两寸来大的舌头当奴才，换他一两秒钟的快活，值得吗？绫罗绸缎挂在我身上，和粗布破袍有什么分别？不过旁人看着漂亮些。这是图我快活呀，还是图旁人快活呢？须知凡物质上快活，性质都是如此。这种快活，其实和自己渺不相干，自己只有赔上许多苦恼。我们真相信"行乐主义"的人，就要求精神上的快活。孔子的"饭疏食、饮水、曲肱而枕之，乐亦在其中"，颜子的"一箪食，一瓢饮，在陋巷……不改其乐"，并非欺人的话，也并不带一毫勉强；他们住在"教育快活林"里头，精神上高兴得了不得，那些舌头和旁人眼睛的玩意儿，他们有闲工夫管到吗？诸君啊！这个快活林正是你自己所有的财产，千万别要辜负了。

　　说是这样说，但是"知之非艰行之惟艰"，厌倦的心理，仍不时袭击我们，抵抗不过，便被它征服。不然，何至公西华说"不能及"呢？我如今再告诉诸君一个切实防卫方法：你想诲人不倦吗？只要学不厌自然会诲人不倦。一点新学说都不讲求，拿着几年前商务印书馆编的教科书上堂背诵一遍完事；今日如此，明日也如此，今年如此，明年也如此，学生们听着个个打盹，先生如何能不倦？当先生的常常拿"和学生赛跑"的精神去做学问，教那一门功课，教一回自己务要得一回进步，天天有新教材，年年有新教材，怎么还会倦？你想学不厌吗？只要诲人不倦，自然会学不厌。把功课当做无可奈何的敷衍，学生听着有没有趣味有没有长进一概不管，那么当然可以不消自己更求什么学问。既已把诲人当作一件正经事，拿出良心去干，那么，古人说的"教然后知困"，一定会发现出自己十几年前在师范学校里听的几本陈腐讲义不够用，非拼命求新学问，对付不来了，怎么还会厌？还有一个更简便的法子：只要你日日学，自然不厌；只要你日日诲人，自然不倦。趣味这样东西，总是愈引愈深，最怕是尝不着甜头，尝着了一定不能自己。像我们不会打球的人，看见学生们大热天打得满身臭汗，真不知道他所为何来；只要你接连打了一个月，怕你不上瘾？所以真肯学的人自然不厌，真肯诲人的人自然不倦。

　　诸君都是有大好田地的人，我希望再不要"舍其田而耘人之田"。好好地将自己田地打理出来，便一生受用不尽。

心香一瓣

"学而不厌,诲人不倦。"对待学问,对待人生,都应当有这种态度和心境。

从事教育事业的人,首先要耕耘好自己的田地,充实好自己,才能去教育别人。在传授和交流知识、体会的过程中,又能互相学习、共同进步。这种教学相长的乐趣,正是教育事业的独特魅力所在。

兴所致,恒久远。对一种事业的永不厌倦,只能源自深厚的兴趣。

「作者简介」

梁启超(1873—1929),中国近代史上著名的政治家、思想家、教育家、史学家和文学家。戊戌变法运动的领袖之一。曾倡导文体改良的"诗界革命"和"小说界革命"。其著作合编为《饮冰室合集》。

少年中国说

梁启超

少年智则国智,少年富则国富,少年强则国强,少年独立则国独立,少年自由则国自由,少年进步则国进步,少年胜于欧洲,则国胜于欧洲,少年雄于地球,则国雄于地球。

日本人之称我中国也,一则曰老大帝国,再则曰老大帝国。是语也,盖袭译欧西人之言也。呜呼!我中国其果老大矣乎?任公曰:恶!是何言!是何言!吾心目中有一少年中国在!

欲言国之老少,请先言人之老少。老年人常思既往,少年人常思将来。惟思既往也,故生留恋心;惟思将来也,故生希望心。惟留恋也,故保守;惟希望也,故进取。惟保守也,故永旧;惟进取也,故日新。惟思既往也,事事皆其所已经者,故惟知照例;惟思将来也,事事皆其所未经者,故常敢破格。老年人常多忧虑,少年人常好行乐。惟多忧也,故灰心;惟行乐也,故盛气。惟灰心也,故怯懦；惟盛气也，故豪壮。惟怯懦也，故苟且；惟豪壮也，故冒险。惟苟且也，故能灭世界；惟冒险也，故能造世界。老年人常厌事，少年人常喜事。惟厌事也，故常觉一切事无可为者；惟好事也，故常觉一切事无不可为者。老年人如夕照，少年人如朝阳；老年人如瘠牛，少年人如乳虎；老年人如僧，少年人如侠；老年人如字典，少年人如戏文；老年人如鸦片烟，少年人如泼兰地酒；老年人如别行星之陨石，少年人如大洋海之珊瑚岛；老年人如埃及沙漠之金字塔，少年人如西伯利亚之铁路；老年人如秋后之柳，少年人如春前之草；老年人如死海之潴为泽，少年人如长江之初发源。此老年与少年性格不同之大略也。任公曰：人固有之，国亦宜然。

梁启超曰：伤哉，老大也！浔阳江头琵琶妇，当明月绕船，枫叶瑟瑟，衾寒于铁，似梦非梦之时，追想洛阳尘中春花秋月之佳趣。西宫南内，白发宫娥，一灯如穗，三五对坐，谈开元、天宝间遗事，谱《霓裳羽衣曲》。青门种瓜人，左对孺人，顾弄孺子，忆侯门似海珠履杂遝之盛事。拿破仑之流于厄蔑，阿剌飞之幽于锡兰，与三两监守吏或过访之好事者，道当年短刀匹马，驰骋中原，席卷欧洲，血战海楼，一声叱咤，万国震恐之丰功伟烈，初而拍案，继而抚髀，终而揽镜。呜呼，面皴齿尽，白头盈把，颓然老矣！若是者，舍幽郁之外无心事，舍悲惨之外无天地，舍颓唐之外无日月，舍叹息之外无音声，舍待死之外无事业。美人豪杰且然，而况于寻常碌碌者耶！生平亲友，皆在墟墓，起居饮食，待命于人，今日且过，遑知他日，今年且过，遑恤明年。普天下灰心短气之事，未有甚于老大者。于此人也，而欲望以拿云之手段，回天之事功，挟山超海之意气，能乎不能？

呜呼！我中国其果老大矣乎？立乎今日以指畴昔，唐虞三代，若何之郅治；秦皇汉武，若何之雄杰；汉唐来之文学，若何之隆盛；康乾间之武功，若何之炬赫！历史家所铺叙，词章家所讴歌，何一非我国民少年时代良辰美景、赏心乐事之陈迹哉！而今颓然老矣！昨日割五城，明日割十城；处处雀鼠尽，夜夜鸡犬惊；十八省之土地财产，已为人怀中之肉；四百兆之父兄子弟，已为人注籍之奴。岂所谓"老大嫁作商人妇"者耶？呜呼！凭君莫话当年事，憔悴韶光不忍看。楚囚相对，岌岌顾影；人命危浅，朝不虑夕。国为待死之国，一国之民为待死之民，万事付之奈何，一切凭人作弄，亦何足怪！

任公曰：我中国其果老大矣乎？是今日全地球之一大问题也。如其老大也，则是中国为过去之国，即地球上昔本有此国，而今渐渐灭，他日之命运殆将尽也。如其非老大也，则是中国为未来之国，即地球上昔未现此国，而今渐发达，他日之前程且方长也。欲断今日之中国为老大耶，为少年耶？则不可不先明"国"字之意义。夫国也者，何物也？有土地，有人民，以居于其土地之人民，而治其所居之土地之事，自制法律而自守之；有主权，有服从，人人皆主权者，人人皆服从者。夫如是，斯谓之完全成立之国。地球上之有完全成立之国也，自百年以来也。完全成立者，壮年之事也；未能完全成立而渐进于完全成立者，少年之事也。故吾得一言以断之曰：欧洲列邦在今日为壮年国，而我中国在今日为少年国。

夫古昔之中国者，虽有国之名，而未成国之形也，或为家族之国，或为酋长之国，或为诸侯封建之国，或为一王专制之国。虽种类不一，要之，其于国家之体质也，有其一部而缺其一部，正如婴儿自胚胎以迄成童，其身体之一二官支，先行长成，此外则全体虽粗具，然未能得其用也。故唐虞以前为胚胎时代，殷周之际为乳哺时代，由孔子而来至于今为童子时代，逐渐发达，而今乃始将入成童以上少年之界焉。其长成所以若是之迟者，则历代之民贼有窒其生机者也。譬犹童年多病，转类老态，或且疑其死期之将至焉，而不知皆由未完成、未成立也。非过去之谓，而未来之谓也。

且我中国畴昔，岂尝有国家哉？不过有朝廷耳。我黄帝子孙，聚族而居，立于此地球之上者既数千年，而问其国之为何名，则无有也。夫所谓唐、虞、夏、商、周、秦、汉、魏、晋、宋、齐、梁、陈、隋、唐、宋、元、明、清者，则皆朝名耳。朝也者，一家之私产也；国也者，人民之公产也。朝有朝之老少，国有国之老少，朝与国既异物，则不能以朝之老少而指为国之老少明矣。文、武、成、康，周朝之少年时代也，幽、厉、桓、赧，则其老年时代也；高、文、景、武，汉朝之少年时代也，元、平、桓、灵，则其老年时代也。自余历朝，莫不有之。凡此者，谓为一朝廷之老也则可，谓为一国之老也则不可。一朝廷之老且死，犹一人之老且死也，于吾所谓中国者何与焉？然则，吾中国者，前此尚未出现于世界，而今乃始萌芽云尔。天地大矣，前途辽矣，美哉，我少年中国乎！

玛志尼者，意大利三杰之魁也，以国事被罪，逃窜异邦，乃创立一会，名曰"少年意大利"。举国志士，云涌雾集以应之，卒乃光复旧物，使意大利为欧州之一雄邦。夫意大利者，欧洲第一之老大国也，自罗马亡后，土地隶于教皇，政权归于奥国，殆所谓老而濒于死者矣。而得一玛志尼，且能举全国而少年之，况我中国之实为少年时代者耶？堂堂四百余州之国土，凛凛四百余兆之国民，岂遂无一玛志尼其人者！

龚自珍氏之集有诗一章，题曰《能令公少年行》。吾尝爱读之，而有味乎其用意之所存。我国民而自谓其国之老人也，斯果老大矣；我国民而自知其国之少年也，斯乃少年矣。西谚有之曰："有三岁之翁，有百岁之童。"然则国之老少，又无定形，而实随国民之心力以为消长者也。吾见乎玛志尼之能令国少年也，吾又见乎我国之官吏士民能令国老大也，吾为此惧。夫以如此壮丽浓郁、翩翩绝世之少年中国，而使欧西、日本人谓我为老大者，何也？则以握国权者皆老朽之人也。非哦几十年八股，非写几十年白折，非当几十年差，非捱几十年俸，非递几十年手本，非唱几十年诺，非磕几十年头，非请几十年安，则必不能得一官，进一职。其内任卿贰以上、外任监司以上者，百人之中，其五官不备者，殆九十六七人也。非眼盲则耳聋，非手颤则足跛，否则半身不遂也。彼其一身饮食、步履、视听、言语，尚且不能自了，须三四人在左右扶之捉之，乃能度日，于此而乃欲责之以国事，是何异立无数木偶而使之治天下也。且彼辈者，自其少壮之时，既已不知亚细亚、欧罗巴为何处地方，汉祖、唐宗是那朝皇帝，犹嫌其顽钝腐败之未臻其极，又必搓磨之、陶冶之，待其脑髓已涸，血管已塞，气息奄奄，与鬼为邻之时，然后将我二万里山河，四万万人命，一举而界于其手。呜呼！老大帝国，诚哉其老大也！而彼辈者，积其数十年之八股、白折、当差、捱俸、手本、唱诺、磕头、请安，千辛万苦，千苦万辛，乃始得此红顶花翎之服色，中堂大人之名号，乃出其全副精神，竭其毕生力量，以保持之。如彼乞儿，拾金一锭，虽轰雷盘旋其顶上，而两手犹紧抱其荷包，他事非所顾也，非所知也、非所闻也。于此而告之以亡国也，瓜分也，彼乌从而听之？乌从而信之？即使果亡矣，果分矣，而吾今年既七十矣八十矣，但求其一两年内，洋人不来，强盗不起，我已快活过了一世矣。若不得已，则割三头两省之土地奉申贺敬，以换我几个衙门；卖三几百万之人民作仆为奴，以赎我一条老命，有何不可？有何难办？呜呼，今之所谓老后、老臣、老将、老吏者，其修身、齐家、治国、平天下之手段，皆具于是矣。西风一夜催人老，凋尽朱颜白尽头。使走无常当医生，携催命符以祝寿。嗟乎痛哉！以此为国，是安得不老且死，且吾恐其未及岁而殇也。

　　任公曰：造成今日这老大中国者，则中国老朽之冤业也；制出将来之少年中国者，则中国少年之责任也。彼老朽者何足道，彼与此世界作别之日不远矣，而我少年乃新来而与世界为缘。如僦屋者然，彼明日将迁居他方，而我今日始入此室处。将迁居者，不爱护其窗栊，不洁治其庭庑，俗人恒情，亦何足怪。若我少年者，前程浩浩，后顾茫茫。中国而为牛、为马、为奴、为隶，则烹脔棰鞭之惨酷，惟我少年当之；中国如称霸宇内、主盟地球，则指挥顾盼之尊荣，惟我少年享之。于彼气息奄奄、与鬼为邻者何与焉？彼而漠然置之，犹可言也；我而漠然置之，不可言也。使举国之少年而果为少年也，则吾中国为未来之国，其进步未可量也；使举国之少年而亦为老人也，则吾中国为过去之国，其澌亡可翘足而待也。故今日之责任，不在他人，而全在我少年。少年智则国智，少年富则国富，少年强则国强，少年独立则国独立，少年自由则国自由，少年进步则国进步，少年胜于欧洲，则国胜于欧洲，少年雄于地球，则国雄于地球。红日初升,其道大光;河出伏流,一泻汪洋;潜龙腾渊,鳞爪飞扬;乳虎啸谷,百兽震惶;鹰隼试翼,风尘吸张;奇花初胎,矞矞皇皇;干将发硎,有作其芒;天戴其苍,地履其黄;纵有千古,横有八荒;前途似海,来日方长。美哉,我少年中国,与天不老!壮哉,我中国少年,与国无疆!

"三十功名尘与土,八千里路云和月。莫等闲,白了少年头,空悲切!"此岳武穆《满江红》词句也,作者自六岁时即口受记忆,至今喜诵之不衰。自今以往,弃"哀时客"之名,更自名曰"少年中国之少年"。

心香一瓣

　　这篇演讲写于戊戌变法失败后的1900年，极力歌颂少年的朝气蓬勃，指出封建统治下的中国是"老大帝国"，热切希望出现"少年中国"，字里行间饱含爱国激情，对处于内外交困情况下的中国知识分子，具有较强的感染力。

　　时隔一个多世纪，重温这篇演讲，仍使人心潮澎湃、热血沸腾。青年是一个民族的希望与脊梁，青年肩负着保卫和建设祖国的重任。

　　因此，青年必须发愤图强，以只争朝夕的精神为理想而奋斗。

「作者简介」

　　梁启超（1873—1929），中国近代史上著名的政治家、思想家、教育家、史学家和文学家。戊戌变法运动的领袖之一。曾倡导文体改良的"诗界革命"和"小说界革命"。其著作合编为《饮冰室合集》。

为学与做人
——在清华大学的演讲（节选）

梁启超

> 我老实不客气告诉你罢：你如果做成一个人，知识自然是越多越好；你如果做不成一个人，知识却是越多越坏。

人类心理有知、情、意三部分。所以教育应分为知育、情育、意育三方面，知育要教到人不惑，情育要教到人不忧，意育要教到人不惧。教育家教育学生，应该以这三件为究竟，我们自动地自己教育自己，也应该以这三件为究竟。

怎么样才能不惑呢？最要紧的是养成我们的判断力。想要养成判断力，第一步，最少须有相当的常识，进一步，对于自己要做的事须有专门智识，再进一步，还要有遇事能断的智慧。假如一个人连常识都没有，听见打雷，说是雷公发威，看见月蚀，说是蛤蟆贪嘴，那么，一定闹到什么事都没有主意，碰到一点疑难问题，就靠求神问卜看相算命去解决，真所谓"大惑不解"，成了最可怜的人了。学校里小学中学所教，就是要人有了许多基本的知识，免得凡事都暗中摸索。但仅仅有点常识还不够，我们做人，总要各有一件专门职业。这门职业，也并不是我一人破天荒去做，从前已经许多人做过，他们积累了无数经验，发现出好些原理原则，这就是专门学识。我打算做这项职业，就应该有这项专门的学识。但专靠这种常识和学识就够吗？还不能。宇宙和人生是活的不是呆的，我们每日碰见的事理是复杂的变化的，不是单纯的刻板的，倘若我们只是学过这一件，才懂这一件，那么，碰着一件没有学过的事来到跟前，便手忙脚乱了。所以还要养成总体的智慧，才能有根本的判断力。这种总的智慧如何才能养成呢？第一件，要把我们向来粗浮的脑筋着实磨炼它，叫它变成细密而且踏实。那么，无论遇着如何繁难的事，我都可以彻头彻尾想清楚它的条理，自然不至于惑了。第二件，要把我们向来昏浊的脑筋，着实将养它，叫它变成清明。那么，一件事理到跟前，我才能很从容很莹澈地去判断它，自然不至于惑了。以上所说常识学识和总体的智慧，都是知育的要件，目的是教人做到"知者不惑"。

怎么样才能不忧呢？为什么仁者便会不忧呢？想明白这个道理，先要知道中国先哲的人生观是怎么样。"仁"之一字，儒家人生观的全体大用都包在里头。"仁"到底是什么？很难用言语说明，勉强下个解释，可以说是："普遍人格之实现。"孔子说："仁者人也。"意思是说人格完成就叫做"仁"。但我们要知道，人格不是单独一个人可以表现的，要从人和人的关系上来看。所以仁字从二人，郑康成解它做"相人偶"。总而言之，要彼此交感互发，成为一体，然后我的人格才能实现。所以我们若不讲人格主义，那便无话可说；讲到这个主义，当然归宿到普遍人格。换句话说，宇宙即是人生，人生即是宇宙，我们的人格，和宇宙无二区别，体验得这个道理，就叫做"仁者"。然则这种仁者为什么就会不忧呢？大凡忧之所从来，不外两端，一曰忧成败，二曰忧得失。我们得着"仁"的人生观，就不会忧成败。为什么呢？因为我们知道宇宙和人生是永远不会圆满的，所以《易经》六十四卦，始"乾"而终"未济"。正为在这永远不会圆满的宇宙中，才永远容得我们创造进化。我们所做的事，不过在宇宙进化几万万里的长途中，往前挪一寸、两寸，哪里配说成功呢？然则不做怎么样呢？不做便连这一寸都不往前挪，那可真是失败了。"仁者"看透这种道理，信得过只有不做事才算失败，肯做事便不会失败。所以《易经》说："君子以自强不息。"换一方面来看，他们又信得过凡事不会成功的几万万里路挪了一两寸，算成功吗？所以《论语》说："知其不可而为之。"你想，有这种人生观的人，还有什么成败可忧呢？再者，我们得着"仁"的人生观，便不会忧得失。为什么呢？因为认定这件东西是我的，才有得失之可言。连人格都不是单独存在，不能明确地画出这一部分是我的，那一部分是人家的，然则哪里有东西可以为我们所得？既已没有东西为我所得，当然也没有东西为我所失。我只是为学问而学问，为劳动而劳动，并不是拿学问劳动等做手段来达某种目的——可以为我们"所得"的。所以老子说："生而不有，为而不恃。""既以为人己愈有，既以与人已愈多。"你想，有这种人生观的人，还有什么得失可忧呢？总而言之，有了这种人生观，自然会觉得"天地与我并生，而万物与我为一"，自然会"无人而不自得"。他的生活，纯然是趣味化艺术化。这是最高的情感教育，目的教人做到"仁者不忧"。

怎么样才能不惧呢？有了不惑不忧功夫，惧当然会减少许多了。但这是属于意志方面的事。一个人若是意志力薄弱，便有丰富的智识，临时也会用不着，便有优美的情操，临时也会变了卦。然则意志怎么才会坚强呢？头一件须要心地光明，孟子说："浩然之气，至大至刚。行有不慊于心，则馁矣。"又说："自反而不缩，虽褐宽博，吾不惴焉；自反而缩，虽千万人，吾往矣。"俗话说得好："生平不作亏心事，夜半敲门心不惊。"一个人要保持勇气，须要从一切行为可以公开做起，这是第一着。第二件要不为劣等欲望之所牵制。《论语》记：子曰："吾未见刚者。"或对曰伸枨。子曰："枨也欲，焉刚。"—被物质上无聊的嗜欲东拉西扯，那么百炼成刚也会变成绕指柔了。总之，一个人的意志，由刚强变为薄弱极易，由薄弱返到刚强极难。一个人有了意志薄弱的毛病，这个人可就完了。自己作不起自己的主，还有什么事可做？受别人压制，做别人奴隶，自己只要肯奋斗，终必能恢复自由。自己的意志做了自己情欲的奴隶，那么，真是万劫沉沦，永无恢复自由的余地，终身畏首畏尾，成了个可怜人了。孔子说："和而不流，强哉矫；中立而不倚，强哉矫。国有道，不变塞焉，强哉矫；国无道，至死不变，强哉矫。"我老实告诉诸君说罢，做人不做到如此，决不会成一个人。但做到如此真是不容易，非时时刻刻做磨炼意志的功夫不可，意志磨炼得到家，自然是看着自己应做的事，一点不迟疑，扛起来便做，"虽千万人吾往矣"，这样才算顶天立地做一世人，绝不会有藏头躲尾左支右绌的丑态。这便是意育的目的，要教人做到"勇者不惧"。

我们拿这三件事作做人的标准，请诸君想想，我自己现时做到哪一件——哪一件稍微有一点把握。倘若连一件都不能做到，连一点把握都没有，嗳哟！那可真危险了，你将来做人恐怕做不成。讲到学校里的教育吗，第二层的情育，第三层的意育，可以说完全没有，剩下的只有第一层的知育。就算知育罢，又只有所谓常识和学识，至于我所讲的总体智慧靠来养成根本判断力的，却是一点儿也没有。这种"贩卖知识杂货店"的育，把它前途想下去，真令人不寒而栗！现在这种教育，一时又改革不来，我们可爱的青年，除了它更没有可以受教育的地方。诸君啊！你到底还要做人不要？你要知道危险呀，非你自己抖擞精神想方法自救，没有人能救你呀！

诸君啊！你千万别要以为得些断片的知识，就算是有学问呀。我老实不客气告诉你罢：你如果做成一个人，知识自然是越多越好；你如果做不成一个人，知识却是越多越坏。你不信吗？试想想全国人所唾骂的卖国贼某人某人，是有知识的呀，还是没有知识的呢？试想想全国人所痛恨的官僚政客——专门助军阀作恶鱼肉良民的人，是有知识的呀，还是没有知识的呢？诸君须知道啊，这些人当十几年前在学校的时代，意气横历，天真烂漫，何尝不和诸君一样？为什么就会堕落到这样的田地呀？屈原说："何昔日之芳草兮，今直为此萧艾也！岂其有他故兮，莫好修之害也。"天下最伤心的事，莫过于看着一群好好的青年，一步一步地往坏路上走。诸君猛醒啊！现在你所厌所恨的人，就是你前车之鉴了。

心香一瓣

梁启超先生认为求学的目的在于学做人，教育可分为知育、情育和意育三方面，知育教人不惑，情育教人不忧，意育教人不惧。他分别谈论了如何才能做到不惑、不忧、不惧，并警告青年学生们要把做人放在首位。

时隔近90年，先生的这些教诲今天读来仍言犹在耳、振聋发聩。当今时代，虽不乏胸怀抱负的热血青年，但多数青年学生还是在对智识教育的一味追求中丧失了理想、迷失了自我。他们中的一些更是心理脆弱，不堪一击，成为"问题青年"。

教育的终极目的在于"树人"，只有知、情、意都健康的人，才是心智健全的人。只有心智健全的人，才能有大作为，才能担当起重任。

「作者简介」

梁启超（1873—1929），中国近代史上著名的政治家、思想家、教育家、史学家和文学家。戊戌变法运动的领袖之一。曾倡导文体改良的"诗界革命"和"小说界革命"。其著作合编为《饮冰室合集》。

学问之趣味

梁启超

> 我并不是因为学问是道德才提倡学问,因为学问的本质,能够以趣味始,以趣味终,最合于我的趣味主义条件,所以提倡学问。

我是个主张趣味主义的人,倘若用化学化分"梁启超"这件东西,把里头所含一种元素名叫"趣味"的抽出来,只怕所剩下的仅有个零了。我以为凡人必须常常生活于趣味之中,生活才有价值;若哭丧着脸挨过几十年,那么,生活便成沙漠,要它何用?中国人见面最喜欢用的一句话:"近来做何消遣?"这句话我听着便讨厌。话里的意思,好像生活得不耐烦了,几十年日子没有法子过,勉强找些事情来消它遣它。一个人若生活于这种状态之下,我劝他不如早日投海。我觉得天下万事万物都有趣味,我只嫌二十四点钟不能扩充到四十八点，不够我享用。我一年到头不肯歇息。问我忙什么，忙的是我的趣味，我以为这便是人生最合理的生活，我常常想动员别人也学我这样生活。

凡属趣味，我一概都承认它是好的。但怎么才算趣味？不能不下一个注脚。我说："凡一件事做下去不会生出和趣味相反的结果的，这件事便可以为趣味的主体。"赌钱，有趣味吗？输了，怎么样？吃酒，有趣味吗？病了，怎么样？做官，有趣味吗？没有官做的时候，怎么样……诸如此类，虽然在短时间内像有趣味，结果会闹到俗语说的"没趣一齐来"，所以我们不能承认它是趣味。凡趣味的性质，总是以趣味始，以趣味终。所以能为趣味之主体者，莫如下面的几项：一、劳作，二、游戏，三、艺术，四、学问。诸君听我这段话，切勿误会：以为我用道德观念来选择趣味。我不问德不德，只问趣不趣。我并不是因为赌钱不道德才排斥赌钱，因为赌钱的本质会闹到没趣，闹到没趣便破坏了我的趣味主义，所以排斥赌钱。我并不是因为学问是道德才提倡学问，因为学问的本质，能够以趣味始，以趣味终，最合于我的趣味主义条件，所以提倡学问。

学问的趣味，是怎么一回事呢？这句话我不能回答。凡趣味总要自己领略，自己未曾领略得到时，旁人没有法子告诉你。佛典说的："如人饮水，冷暖自知。"你问我这水怎样的冷，我便把所有形容词说尽，也形容不出给你听，除非你亲自喝一口。我这题目：《学问之趣味》，并不是要说学问是如何如何的有趣味，只是要说如何如何便会尝得着学问的趣味。

诸君要尝学问的趣味吗？据我所经历过的，有下列几条路应走：

第一，无所为。趣味主义最重要的条件是"无所为而为"。凡有所为而为的事，都是以另一件事为目的而以这一件事为手段。为达目的起见，勉强用手段；目的达到时，手段便抛却。例如学生为毕业证书而做学问，著作家为版权而做学问，这种做法，便是以学问为手段，便是有所为。有所为虽然有时也可以为引起趣味的一种方法，但到趣味真发生时，必定要和"所为者"脱离关系。你问我"为什么做学问？"我便答道："不为什么。"再问，我便答道："为学问而学问。"或者答道："为我的趣味。"诸君切勿以为我这些话是故弄玄虚，人类合理的生活本来如此。小孩子为什么游戏？为游戏而游戏。人为什么生活？为生活而生活。为游戏而游戏，游戏便有趣；为体操分数而游戏，游戏便无趣。

第二，不息。"鸦片烟怎样会上瘾？"天天吃。"上瘾"这两个字，和"天天"这两个字是离不开的。凡人类的本能，只要哪部分搁久了不用，它便会麻木，会生锈。十年不跑路，两条腿一定会废了。每天跑一点钟，跑上几个月，一天不跑时，腿便发痒。人类为理性的动物，"学问欲"原是固有本能之一种，只怕你出了学校便和学问告辞，把所有经管学问的器官一齐打落冷宫，把学问的胃口弄坏了，便山珍海味摆在面前也不愿意动筷了。诸君啊！诸君倘若现在从事教育事业或将来想从事教育事业，自然没有问题，很多机会来培养你的学问胃口。若是做别的职业呢，我劝你每日除本业正当劳作之外，最少总要腾出一点钟，研究你所嗜好的学问。一点钟哪里不消耗了，千万不要错过，闹成"学问胃弱"的征候，白白自己剥夺了一种人类应享之特权啊！

第三，深入的研究。趣味总是慢慢地来，越引越多，像倒吃甘蔗，越往下才越得好处。假如你虽然每天定有一点钟做学问，但不过拿来消遣消遣，不带有研究精神，趣味便引不起来。或者今天研究这样，明天研究那样，趣味还是引不起来。趣味总是藏在深处，你想得着，便要进去。这个门穿一穿，那个门张一张，再不曾看见"宗庙之美，百官之富"，如何能有趣味？我方才说："研究你所嗜好的学问。"嗜好两个字很要紧。一个人受过相当教育之后，无论如何，总有一两门学问和自己脾胃相合，而已经懂得大概，可以作加工研究之预备的。请你就选定一门作为终身正业（指从事学者生活的人说），或作为本业劳作以外的副业（指从事其他职业的人说）。不怕范围窄，越窄越便于聚精神；不怕问题难，越难越便于鼓勇气。你只要肯一层一层地往里面钻，我保你一定被他引到"欲罢不能"的地步。

第四，找朋友。趣味比方电，越摩擦越出。前两段所说，是靠我本身和学问本身相摩擦，但仍恐怕我本身有时会停摆，发电力便弱了。所以常常要仰赖别人帮助。一个人总要有几位共事的朋友，同时还要有几位共学的朋友。共事的朋友，用来扶持我的职业，共学的朋友和共顽的朋友同一性质，都是用来摩擦我的趣味。这类朋友，能够和我同嗜好一种学问的自然最好，我便和他搭伙研究。即或不然，他有他的嗜好，我有我的嗜好，只要彼此都有研究精神，我和他常常在一块或常常通信，便不知不觉把彼此趣味都摩擦出来了。得着一两位这种朋友，便算人生大幸福之一。我想只要你肯找，断不会找不出来。

我说的这四件事，虽然像是老生常谈，但恐怕大多数人都不曾这样做。唉！世上人多么可怜啊！有这种不假外求，不会蚀本，不会出毛病的趣味世界，竟没有几个人肯来享受！古书说的故事"野人献曝"，我是尝冬天晒太阳的滋味尝得舒服透了，不忍一人独享，特地恭恭敬敬地来告诉诸君，诸君或者会欣然采纳吧？但我还有一句话：太阳虽好，总要诸君亲自去晒，旁人却替你晒不来。

心香一瓣

"古之学者为己,今之学者为人。"如果我们读书、做学问时,能够超越功利,跨越世俗,不求结果,只求真知,那么读书的趣味就会伴我们终生,我们也会拥有平和的心境,坦然笑对生活。

曾国藩把读书的趣味看作是从容不迫地优游于书籍之中,如鱼之在水,如鸟之在林,左右逢源,探始求终,有所心得。这才是一种自得其乐的愉悦,一种治学的崇高境界。

学问的趣味,非摒弃浮躁与功利之心不能体会到,非静心悠游其中不能享受到。

「作者简介」

梁启超(1873—1929),中国近代史上著名的政治家、思想家、教育家、史学家和文学家。戊戌变法运动的领袖之一。曾倡导文体改良的"诗界革命"和"小说界革命"。其著作合编为《饮冰室合集》。

无声的中国

鲁迅

> 只有真的声音，才能感动中国的人和世界的人；必须有了真的声音，才能和世界的人同在世界上生活。

以我这样没有什么可听的无聊的讲演，又在这样大雨的时候，竟还有这许多来听的诸君，我首先应当声明我的郑重的感谢。

我现在所讲的题目是：《无声的中国》。

现在，浙江、陕西，都在打仗，那里的人民哭着呢还是笑着呢，我们不知道。香港似乎很太平，住在这里的中国人，舒服呢还是不舒服呢，别人也不知道。

发表自己的思想，感情给大家知道的是要用文章的，然而拿文章来达意，现在一般的中国人还做不到。这也怪不得我们；因为那文字，先就是我们的祖先留传给我们的可怕的遗产。人民费了多年的工夫，还是难于运用。因为难，许多人便不理它了，甚至于连自己的姓也写不清是张还是章，或者简直不会写，或者说道：Zhang。虽然能说话，而只有几个人听到，远处的人们便不知道，结果也等于无声。又因为难，有些人便当作宝贝，像玩把戏似的，之乎者也，只有几个人懂——其实是不知道可真懂，而大多数的人们却不懂得，结果也等于无声。文明人和野蛮人的分别，其一，是文明人有文字，能够把他们的思想、感情，借此传给大众，传给将来。中国虽然有文字，现在却已经和大家不相干，用的是难懂的古文，讲的是陈旧的古意思，所有的声音，都是过去的，都就是只等于零的。所以，大家不能互相了解，正像一大盘散沙。

将文章当作古董，以不能使人认识、使人懂得为好，也许是有趣的事罢。但是，结果怎样呢？是我们已经不能将我们想说的话说出来，我们受了损害，受了侮辱，总是不能说出些应说的话。拿最近的事情来说，如中日战争，拳匪事件，民主革命这些大事件，一直到现在，我们可有一部像样的著作？民国以来，也还是谁也不作声。反而在外国，倒常有说起中国的，但那都不是中国人自己的声音，是别人的声音。

这不能说话的毛病，在明朝是还没有这样厉害的；他们还比较地能够说些要说的话。待到满洲人以异族侵入中国，讲历史的，尤其是讲宋末的事情的人被杀害了，讲时事的自然也被杀害了。所以，到乾隆年间，人民大众便更不敢用文章来说话了。所谓读书人，便只好躲起来读经，校刊古书，做些古时的文章，和当时毫无关系的文章。有些新意，也还是不行的；不是学韩，便是学苏。韩愈苏轼他们，用他们自己的文章来说当时要说的话，那当然可以的。我们却并非唐宋时人，怎么做和我们毫无关系的时候的文章呢。即使做得像，也是唐宋时代的声音，韩愈苏轼的声音，而不是我们现代的声音，然而直到现在，中国人却还耍着这样的旧戏法。人是有的，没有声音，寂寞得很。——人会没有声音的么？没有，可以说：是死了。倘要说得客气一点，那就是：已经哑了。

要恢复这多年无声的中国，是不容易的，正如命令一个死掉的人道："你活过来！"我虽然并不懂得宗教，但我以为正如想出现一个宗教上之所谓"奇迹"一样。

首先来尝试这工作的是"五四运动"前一年，胡适之先生所提倡的"文学革命"。"革命"这两个字，在这里不知道可害怕，有些地方是一听到就害怕的。但这和文学两字连起来的"革命"，却没有法国革命的"革命"那么可怕，不过是革新，改换一个字，就很平和了，我们就称为"文学革新"罢，中国文字上，这样的花样是很多的。那大意也并不可怕，不过说：我们不必再去费尽心机，学说古代的死人的话，要说现代的活人的话；不要将文章看作古董，要做容易懂得的白话文章。然而，单是文学革新是不够的，因为腐败思想，能用古文做，也能用白话做。所以后来就有人提倡思想革新。思想革新的结果，是发生社会革新运动。这运动一发生，自然一面就发生反动，于是便酿成战斗……

但是，在中国，刚刚提起文学革新，就有反动了。不过白话文却渐渐风行起来，不大受阻碍。这是怎么一回事呢？就因为当时又有钱玄同先生提倡废止汉字，用罗马字母来替代。这本也不过是一种文字革新，很平常的，但被不喜欢改革的中国人听见，就大不得了了，于是便放过了比较的平和的文学革命，而竭力来骂钱玄同。白话乘了这一个机会，居然减去了许多敌人，反而没有阻碍，能够流行了。

中国人的性情是总喜欢调和、折中的。譬如你说，这屋子太暗，须在这里开一个窗，大家一定不允许的。但如果你主张拆掉屋顶，他们就会来调和，愿意开窗了。没有更激烈的主张，他们总连平和的改革也不肯行。那时白话文之得以通行，就因为有废掉中国字而用罗马字母的议论的缘故。

其实，文言和白话的优劣的讨论，本该早已过去了，但中国是总不肯早早解决的，到现在还有许多无谓的议论。例如，有的说：古文各省人都能懂，白话就各处不同，反而不能互相了解了。殊不知这只要教育普及和交通发达就好，那时就人人都能懂较为易解的白话文；至于古文，何尝各省人都能懂，便是一省里，也没有许多人懂得的。有的说：如果都用白话文，人们便不能看古书，中国的文化就灭亡了，其实呢，现在的人们大可以不必看古书，即使古书里真有好东西，也可以用白话来译出的，用不着那么心惊胆战。他们又有人说，外国尚且译中国书，足见其好，我们自己倒不看么？殊不知埃及的古书，外国人也译，非洲黑人的神话，外国人也译，他们别有用意，即使译出，也算不了怎样光荣的事的。

近来还有一种说法，是思想革新紧要，文学改革倒在其次，所以不如用浅显的文言来作新思想的文章，可以少招一重反对。这话似乎也有理。然而我们知道，连他长指甲都不肯剪去的人，是决不肯剪去他的辫子的。

因为我们说着古代的话，说着大家不明白、不听见的话，已经弄得像一盘散沙，痛痒不相关了。我们要活过来，首先就须由青年们不再说孔子孟子和韩愈柳宗元们的话。时代不同，情形也两样，孔子时代的香港不这样，孔子口调的"香港论"是无从做起的，"吁嗟阔哉香港也"，不过是笑话。

我们要说现代的、自己的话；用活着的白话，将自己的思想、感情直白地说出来。但是，这也要受前辈先生非笑的。他们说白话文卑鄙，没有价值；他们说年青人作品幼稚，贻笑大方。我们中国能做文言的有多少呢，其余的都只能说白话，难道这许多中国人，就都是卑鄙、没有价值的么？至于幼稚，尤其没有什么可羞，正如孩子对于老人，毫没有什么可羞一样。幼稚是会生长、会成熟的，只不要衰老、腐败，就好。倘说待到纯熟了才可以动手，那是虽是村妇也不至于这样蠢。她的孩子学走路，即使跌倒了，她决不至于叫孩子从此躺在床上，待到学会了走法再下地面来的。

青年们先可以将中国变成一个有声的中国。大胆地说话，勇敢地进行，忘掉了一切利害，推开了古人，将自己的真心的话发表出来。——真，自然是不容易的。譬如态度，就不容易真，讲演时候就不是我的真态度，因为我对朋友、孩子说话时候的态度是不这样的。——但总可以说些较真的话，发些较真的声音。只有真的声音，才能感动中国的人和世界的人；必须有了真的声音，才能和世界的人同在世界上生活。

我们试想现在没有声音的民族是哪几种民族。我们可听到埃及人的声音？可听到安南、朝鲜的声音？印度除了泰戈尔，别的声音可还有？

我们此后实在只有两条路：一是抱着古文而死掉，一是舍掉古文而生存。

心香一瓣

这篇演讲表面上是讲文字、文学革新，实质是对一个泱泱大国、悠悠历史的民族却无声于世界的悲叹，同时愤怒抨击了几千年的封建专制与封建文化对人们的束缚。

中国要消除国际社会对自己的偏见，要改善自己的国际形象，要提升自己的国际地位，就要首先在国际社会上争得"话语权"。不能发出自己声音的国家，注定会在各种国际舞台上处于劣势地位。

而赢得"话语权"，靠的不仅是一门能够走向世界的语言，还有赖于综合国力的强大。

「作者简介」

鲁迅（1881—1936），浙江绍兴人，原名周树人，字豫山、豫亭，后改名为豫才。中国现代伟大的文学家、思想家、革命家，中国文化革命的主将，被人民称为"民族魂"。代表作品有《呐喊》、《彷徨》、《故事新编》、《狂人日记》等。

老调子已经唱完

鲁迅

> 中国人倘被别人用钢刀来割,是觉得痛的,还有法子想;倘是软刀子,那可真是"割头不觉死",一定要完。

今天我所讲的题目是"老调子已经唱完":初看似乎有些离奇,其实是并不奇怪的。

凡老的,旧的,都已经完了!这也应该如此。虽然这一句话实在对不起一般老前辈,可是我也没有别的法子。中国人有一种矛盾思想,即是:要子孙生存,而自己也想活得很长久,永远不死;及至知道没法可想,非死不可了,却希望自己的尸身永远不腐烂。但是,想一想罢,如果从有人类以来的人们都不死,地面上早已挤得密密的,现在的我们早已无地可容了;如果从有人类以来的人们的尸身都不烂,岂不是地面上的死尸早已堆得比鱼店里的鱼还要多,连掘井、造房子的空地都没有了么?所以,我想,凡是老的、旧的，实在倒不如高高兴兴地死去的好。

在文学上，也一样，凡是老的和旧的，都已经唱完，或将要唱完。举一个最近的例来说，就是俄国。他们当俄皇专制的时代，有许多作家很同情于民众，叫出许多惨痛的声音，后来他们又看见民众有缺点，便失望起来，不很能怎样歌唱，待到革命以后，文学上便没有什么大作品了。只有几个旧文学家跑到外国去，作了几篇作品，但也不见得出色，因为他们已经失掉了先前的环境了，不再能照先前似的开口。

在这时候，他们的本国是应该有新的声音出现的，但是我们还没有很听到。我想，他们将来是一定要有声音的。因为俄国是活的，虽然暂时没有声音，但他究竟有改造环境的能力，所以将来一定也会有新的声音出现。

再说欧美的几个国度罢。他们的文艺是早有些老旧了，待到世界大战时候，才发生了一种战争文学。战争一完结，环境也改变了，老调子无从再唱，所以现在文学上也有些寂寞。将来的情形如何，我们实在不能预测。但我相信，他们是一定也会有新的声音的。

现在来想一想我们中国是怎样。中国的文章是最没有变化的，调子是最老的，里面的思想是最旧的。但是，很奇怪，却和别国不一样。那些老调子，还是没有唱完。

这是什么缘故呢？有人说，我们中国是有一种"特别国情"。——中国人是否真是这样"特别"，我是不知道，不过我听得有人说，中国人是这样。——倘使这话是真的，那么，据我看来，这所以特别的原因，大概有两样。

第一，是因为中国人没记性，因为没记性，所以昨天听过的话，今天忘记了，明天再听到，还是觉得很新鲜。做事也是如此，昨天做坏了的事，今天忘记了，明天做起来，也还是"仍旧贯"的老调子。

第二，是个人的老调子还未唱完，国家却已经灭亡了好几次了。何以呢？我想，凡有老旧的调子，一到有一个时候，是都应该唱完的，凡是有良心、有觉悟的人，到一个时候，自然知道老调子不该再唱，将它抛弃。但是，一般以自己为中心的人们，却决不肯以民众为主体，而专图自己的便利，总是三翻四复的唱不完。于是，自己的老调子固然唱不完，而国家却已被唱完了。

宋朝的读书人讲道学，讲理学，尊孔子，千篇一律。虽然有几个革新的人们，如王安石等等，行过新法，但不得大家的赞同，失败了。从此大家又唱老调子，和社会没有关系的老调子，一直到宋朝的灭亡。

宋朝唱完了，进来做皇帝的是蒙古人——元朝。那么，宋朝的老调子也该随着宋朝完结了罢，不，元朝人起初虽然看不起中国人，后来却觉得我们的老调子，倒也新奇，渐渐生了羡慕，因此元人也跟着唱起我们的调子来了，一直到灭亡。

这个时候，起来的是明太祖。元朝的老调子，到此应该唱完了罢，可是也还没有唱完。明太祖又觉得还有些意趣，就又教大家接着唱下去。什么八股咧，道学咧，和社会、百姓都不相干，就只向着那条过去的旧路走，一直到明亡。

清朝又是外国人。中国的老调子，在新来的外国主人的眼里又见得新鲜了，于是又唱下去。还是八股，考试，做古文，看古书。

但是清朝完结，已经有十六年了，这是大家都知道的。他们到后来，倒也略略有些觉悟，曾经想从外国学一点新法来补救，然而已经太迟，来不及了。

老调子将中国唱完，完了好几次，而它却仍然可以唱下去。因此就发生一点小议论。有人说："可见中国的老调子实在好，正不妨唱下去。试看元朝的蒙古人，清朝的满洲人，不是都被我们同化了么？照此看来，则将来无论何国，中国都会这样地将他们同化的。"原来我们中国就如生着传染病的病人一般，自己生了病，还会将病传到别人身上去，这倒是一种特别的本领。

殊不知这种意见，在现在是非常错误的。我们为什么能够同化蒙古人和满洲人呢？是因为他们的文化比我们的低得多。倘使别人的文化和我们的相敌或更进步，那结果便要大不相同了。他们倘比我们更聪明，这时候，我们不但不能同化他们，反要被他们利用了我们的腐败文化，来治理我们这腐败民族。他们对于中国人，是毫不爱惜的，当然任凭你腐败下去。现在听说又很有别国人在尊重中国的旧文化了，哪里是真在尊重呢，不过是利用！

从前西洋有一个国度，国名忘记了，要在非洲造一条铁路。顽固的非洲土人很反对，他们便利用了他们的神话来哄骗他们道："你们古代有一个神仙，曾从地面造一道桥到天上。现在我们所造的铁路，简直就和你们的古圣人的用意一样。"非洲人不胜佩服，高兴，铁路就造起来。——中国人是向来排斥外人的，然而现在却渐渐有人跑到他那里去唱老调子了，还说道："孔夫子也说过，'道不行，乘桴浮于海。'所以外人倒是好的。"外国人也说道："你家圣人的话实在不错。"

倘照这样下去，中国的前途怎样呢？别的地方我不知道，只好用上海来类推。上海是：最有权势的是一群外国人，接近他们的是一圈中国的商人和所谓读书的人，圈子外面是许多中国的苦人，就是下等奴才。将来呢，倘使还要唱着老调子，那么，上海的情状会扩大到全国，苦人会多起来。因为现在是不像元朝清朝时候，我们可以靠着老调子将他们唱完，只好反而唱完自己了。这就因为，现在的外国人，不比蒙古人和满洲人一样，他们的文化并不在我们之下。

那么，怎么好呢？我想，惟一的方法，首先是抛弃了老调子。旧文章，旧思想，都已经和现社会毫无关系了，从前孔子周游列国的时代，所坐的是牛车。现在我们还坐牛车么？从前尧舜的时候，吃东西用泥碗，现在我们所用的是什么？所以，生在现今的时代，捧着古书是完全没有用处的了。

但是，有些读书人说，我们看这些古东西，倒并不觉得于中国怎样有害，又何必这样决绝地抛弃呢？是的。然而古老东西的可怕就正在这里。倘使我们觉得有害，我们便能警戒了，正因为并不觉得怎样有害，我们这才总是觉不出这致死的毛病来。因为这是"软刀子"。这"软刀子"的名目，也不是我发明的，明朝有一个读书人，叫做贾凫西的，鼓词里曾经说起纣王，道："几年家软刀子割头不觉死，只等得太白旗悬才知道命有差。"我们的老调子，也就是一把软刀子。

中国人倘被别人用钢刀来割，是觉得痛的，还有法子想；倘是软刀子，那可真是"割头不觉死"，一定要完。

我们中国被别人用兵器来打，早有过好多次了。例如，蒙古人满洲人用弓箭，还有别国人用枪炮。用枪炮来打的后几次，我已经出了世了，但是年纪轻。我仿佛记得那时大家倒还觉得一点苦痛的，也曾经想有些抵抗，有些改革。用枪炮来打我们的时候，听说是因为我们野蛮；现在，倒不大遇见有枪炮来打我们了，大约是因为我们文明了罢。现在也的确常常有人说，中国的文化好得很，应该保存。那证据，是外国人也常在赞美。这就是软刀子。用钢刀，我们也许还会觉得的，于是就改用软刀子。我想：叫我们用自己的老调子唱完我们自己的时候，是已经要到了。

中国的文化，我可是实在不知道在哪里。所谓文化之类，和现在的民众有什么关系，什么益处呢？近来外国人也时常说，中国人礼仪好，中国人肴馔好。中国人也附和着。但这些事和民众有什么关系？车夫先就没有钱来做礼服，南北的大多数的农民最好的食物是杂粮。有什么关系？

中国的文化，都是侍奉主子的文化，是用很多的人的痛苦换来的。无论中国人，外国人，凡是称赞中国文化的，都只是以主子自居的一部分。

以前，外国人所作的书籍，多是嘲骂中国的腐败；到了现在，不大嘲骂了，或者反而称赞中国的文化了。常听到他们说："我在中国住得很舒服呵！"这就是中国人已经渐渐把自己的幸福送给外国人享受的证据。所以他们愈赞美，我们中国将来的苦痛要愈深的！

这就是说：保存旧文化，是要中国人永远做侍奉主子的材料，苦下去，苦下去。虽是现在的阔人富翁，他们的子孙也不能逃。我曾经做过一篇杂感，大意是说："凡称赞中国旧文化的，多是住在租界或安稳地方的富人,因为他们有钱,没有受到国内战争的痛苦,所以发出这样的赞赏来。殊不知将来他们的子孙,营业要比现在的苦人更其贱,去开的矿洞,也要比现在的苦人更其深。"这就是说,将来还是要穷的,不过迟一点。但是先穷的苦人,开了较浅的矿,他们的后人,却须开更深的矿了。我的话并没有人注意。他们还是唱着老调子,唱到租界去,唱到外国去。但从此以后,不能像元朝清朝一样,唱完别人了,他们是要唱完了自己。

这怎么办呢?我想,第一,是先请他们从洋楼、卧室、书房里踱出来,看一看身边怎么样,再看一看社会怎么样,世界怎么样。然后自己想一想,想得了方法,就做一点。"跨出房门,是危险的。"自然,唱老调子的先生们又要说。然而,做人是总有些危险的,如果躲在房里,就一定长寿,白胡子的老先生应该非常多;但是我们所见的有多少呢?他们也还是常常早死,虽然不危险,他们也糊涂死了。

要不危险,我倒曾经发见了一个很合式的地方。这地方,就是:牢狱。人坐在监牢里,便不至于再捣乱,犯罪了;救火机关也完全,不怕失火;也不怕盗劫,到牢狱里去抢东西的强盗是从来没有的。坐监是实在最安稳。

但是,坐监却独独缺少一件事,这就是:自由。所以,贪安稳就没有自由,要自由就总要历些危险。只有这两条路。哪一条好,是明明白白的,不必待我来说了。

现在我还要谢诸位今天到来的盛意。

心香一瓣

"沉舟侧畔千帆过，病树前头万木春"，事物是不断变化发展的，我们也应该顺势而为、破旧立新，推动事物向前发展。

企图复古、老调重弹，逆历史潮流而动，必然会走向失败的深渊。

当然，创新不是完全否定过去，而是要在过去的基础上继往开来、推陈出新。这是一个纵向发展、不断创造的过程。进行文化建设应该这样，进行经济、社会建设，同样应该如此。

「作者简介」

鲁迅（1881—1936），浙江绍兴人，原名周树人，字豫山、豫亭，后改名为豫才。中国现代伟大的文学家、思想家、革命家，中国文化革命的主将，被人民称为"民族魂"。代表作品有《呐喊》、《彷徨》、《故事新编》、《狂人日记》等。

今

李大钊

> 无限的"过去"都以"现在"为归宿,无限的"未来"都以"现在"为渊源。"过去"、"未来"的中间全仗有"现在"以成其连续,以成其永远,以成其无始无终的大实在。

我以为世间最可宝贵的就是"今",最易丧失的也是"今"。因为它最容易丧失,所以更觉得它可宝贵。

为甚么"今"最可宝贵呢?最好借哲人耶曼孙所说的话答这个疑问:"尔若爱千古,尔当爱现在。昨日不能唤回来,明天还不确实,尔能确有把握的就是今日。今日一天,当明日两天。"

为甚么"今"最易丧失呢?因为宇宙大化,刻刻流转,绝不停留。时间这个东西,也不因为吾人贵它爱它稍稍在人间留恋。试问吾人说"今"说"现在",茫茫百千万劫,究竟那一刹那是吾人的

"今",是吾人的"现在"呢？刚刚说他是"今"是"现在",它早已风驰电掣的一般,已成"过去"了。吾人若要糊糊涂涂把它丢掉,岂不可惜！

有的哲学家说,时间但有"过去"与"未来",并无"现在"。有的又说,"过去"、"未来"皆是"现在"。我以为"过去未来皆是现在"的话倒有些道理。因为"现在"就是所有"过去"流入的世界,换句话说,所有"过去"都埋没于"现在"的里边。故一时代的思潮,不是单纯在这个时代所能凭空成立的。不晓得有几多"过去"时代的思潮,差不多可以说是由所有"过去"时代的思潮一凑合而成的。吾人投一石子于时代潮流里面,所激起的波澜声响,都向永远流动传播,不能消灭。屈原的《离骚》,永远使人人感泣。打击林肯头颅的枪声,呼应于永远的时间与空间。一时代的变动,绝不消失,仍遗留于次一时代,这样传演,至于无穷,在世界中有一贯相联的永远性。昨日的事件与今日的事件,合构成数个复杂事件。此数个复杂事件与明日的数个复杂事件,更合构成数个复杂事件。势力结合势力,问题牵起问题。无限的"过去"都以"现在"为归宿,无限的"未来"都以"现在"为渊源。"过去"、"未来"的中间全仅有"现在"以成其连续,以成其永远,以成其无始无终的大实在。一掣现在的铃,无限的过去未来皆遥相呼应。这就是过去未来皆是现在的道理。这就是"今"最可宝贵的道理。

现时有两种不知爱"今"的人：一种是厌"今"的人,一种是乐"今"的人。

厌"今"的人也有两派：一派是对于"现在"一切现象都不

满足,因起一种回顾"过去"的感想。他们觉得"今"的总是不好,古的都是好。政治、法律、道德、风俗全是"今"不如古。此派人惟一的希望在复古。他们的心力全施于复古的运动。一派是对于"现在"一切现象都不满足,与复古的厌"今"派全同。但是他们不想"过去",但盼"将来"。盼"将来"的结果,往往流于梦想,把许多"现在"可以努力的事业都放弃不做,单是耽溺于虚无缥缈的空玄境界。这两派人都是不能助益进化,并且很阻滞进化的。

乐"今"的人大概是些无志趣无意识的人,是些对于"现在"一切满足的人,觉得所处境遇可以安乐优游,不必再商进取,再为创造。这种人丧失"今"的好处,阻滞进化的潮流,同厌"今"派毫无区别。

原来厌"今"为人类的通性。大凡一境尚未实现以前,觉得此境有无限的佳趣,有无疆的福利。一旦身陷其境,却觉不过尔尔,随即起一种失望的念、厌"今"的心。又如吾人方处一境,觉得无甚可乐,而一旦其境变易,却又觉得其境可恋,其情可思。前者为企望"将来"的动机,后者为反顾"过去"的动机。但是回想"过去",毫无效用,且空耗努力的时间。若以企望"将来"的动机,而尽"现在"的努力,则厌"今"思想却大足为进化的原动。乐"今"是一种惰性(inertia),须再进一步,了解"今"所以可爱的道理,全在凭他可以为创造"将来"的努力,决不在得他可以安乐无为。

热心复古的人,开口闭口都是说"现在"的境象若何黑暗,若何卑污,罪恶若何深重,祸患若何剧烈。要晓得"现在"的境象倘若真是这样黑暗，这样卑污，罪恶这样深重，祸患这样剧烈，也都是"过去"所遗留的宿孽，断断不是"现在"造的。全归咎于"现在"是断断不能受的。要想改变它，但当努力以创造将来，不当努力以回复"过去"。

照这个道理讲起来，大实在的瀑流永远由无始的实在向无终的实在奔流。吾人的"我"，吾人的生命，也永远合所有生活上的潮流，随着大实在的奔流，以为扩大，以为继续，以为进转，以为发展。故实在即动力，生命即流转。

忆独秀先生曾于《一九一六年》文中说过，青年欲达民族更新的希望，"必自杀其一九一五年之青年，而自重其一九一六年之青年。"我尝推广其意，也说过人生惟一的蕲向，青年惟一的责任，在"从现在青春之我，扑杀过去青春之我，促今日青春之我，禅让明日青春之我。""不仅以今日青春之我，追杀今日白首之我，并宜以今日青春之我，豫杀来日白首之我。"实则历史的现象，时时流转，时时变易，同时还遗留永远不灭的现象和生命于宇宙之间，如何能杀得？所谓杀者，不过使今日的"我"不仍旧沉滞于昨天的"我"。而在今日之"我"中固明明有昨天的"我"存在。不止有昨天的"我"，昨天以前的"我"，乃至十年二十年百千万亿年的"我"都俨然存在于"今我"的身上。然则"今"之"我"，"我"之"今"，岂可不珍重自将为世间造些功德？稍一失脚，必致遗留层层罪恶种子于"未来"无量的人，即未来无量的"我"，永不能消除，永不能忏悔。

我请以最简明的一句话写出这篇的意思来：

吾人在世，不可厌"今"而徒回思"过去"，梦想"将来"，以耗误"现在"的努力。又不可以"今"境自足,毫不拿出"现在"的努力,谋"将来"的发展。宜善用"今",以努力为"将来"之创造。由"今"所造的功德罪孽,永久不灭。古人生本务,在随实在之进行,为后人造大功德,供永远的"我"享受,扩张,传袭,至无穷极,以达"宇宙即我,我即宇宙"之究竟。

心香一瓣

　　昨天已是无法倒流的时光，明日尚未到来，只有今日是实实在在、可以把握的。今天是昨天通向未来的桥梁。珍惜当下，把握现在，才能走到鲜花盛开的彼岸。

　　聪明的人，懂得提取昨天的材料，巩固今天的桥梁，创造明天的风景。

　　昨天、今天和明天，日日相接，环环相扣，在正确的时间做正确的事，才可谓精彩充实的人生。

「作者简介」

　　李大钊（1889—1927），中国共产主义运动的先驱和最早的马克思主义者，中国共产党的主要创始人之一。十月社会主义革命后，率先接受和传播马克思主义，先后发表《法俄革命之比较观》、《庶民的胜利》等著名论文，和陈独秀等创办了《每周评论》，积极领导了五四运动。后任中共北方区委书记，开展推翻北京军阀政府的斗争。1927年，在奉系军阀张作霖派出军警的搜捕下，英勇就义。

提倡儿童科学教育（节选）

陶行知

> 在二十世纪科学昌明的时代，应当有一个科学的中国。

在二十世纪科学昌明的时代，应当有一个科学的中国。然而科学的中国，谁来负起造就的责任？就是一班小学教师。造成科学的中国，责任大得很啦。小学教师们一定要说："我们负不起这种重大的责任。"别怕。我想，造成科学的中国，也只有小学教师可以负责。因为要建设科学的中国，第一步是要使得中国人个个都知道科学，要使个个人对于科学上发生兴趣。年龄稍大的成人们，对于科学引不起他们的兴趣来。只有在小孩子身上，施以一种科学教育，培养他们科学的兴趣，发展他们科学上的天才。只要在孩子们中培养出像爱迪生那样的几个科学杰出人才，便不难使中国立刻科学化。所以我说要造成科学的中国，责任是在小学教师，但是谈到科学教育，在施行上大家都觉有些难色，因为科学是一种很高深很精微的学问，小学教师的本身，对于科学尚未登堂入室，而要负起科学教育的责任，谈何容易。殊不知科学并不是很难的东西，高深的科学，固然很难研究，但是浅显的科学，我们日常玩着的，人人都会做。我们用科学的教育训练小孩子，譬如教小孩子爬树。你教人爬树，如果从小教起，到了长大，便会爬到树顶。如果教成年人爬树，势必爬到皮破血流，非但爬不到顶，并且于他的手足伤害甚多。所以我们必先造就了科学的小孩子，方才有科学的中国。

　　造成科学的小孩子，向来教师是不注意的。检查过去的事实，父亲母亲倒或有一些帮助。如今我要讲两个故事，一是讲述一个造就科学小孩子的父亲，一是讲述一个造就科学小孩子的母亲。我们不是大家都知道一位大科学家富兰克林(Franklin)吗？富氏是证明天空的电，和我们人工摩擦出来的电是一样的东西。天空的电，可以打死人，富氏于是制成避电针。他是在科学上一位很有贡献的学者。他的父亲是做肥皂和洋烛的，他自己能教小孩子。富氏入校读书不久，便去学手艺。他的父亲任凭他东去看看，西去做做，随意的、自由的去工作，去参观。他愿意做什么，便让他做什么，所以使他对于工厂中的化学和工作很有兴趣。富氏自传中谈起他四十岁然后从事于科学，然而富氏对于科学的兴趣，在很小时候，东看西玩的已经培养成了，这是他父亲的功绩。所以小学教师也须得率领儿童时常到工厂、农场和其他相当的地方去玩玩。

　　去世不久的爱迪生氏，举世都承认他是一位大科学家。他关于电气上的发明，数目真可惊人。他有一个很好的母亲。他不过进了三个月的学校。在校时，校中的教师，都当他是一个十分顽劣的小孩，所以入校三个月，便把他开除了。爱迪生从此以后也再没有进过学校。他的母亲知道自己的小孩子并非坏东西，反怪校中教师只会教历史、地理，不能适合自己孩子的需要。因为那个时候的爱迪生，十分爱玩科学的把戏，在学校的时候，也只爱玩这一套而不留心学业，所以遭受教师的厌恶。西洋人的家里，都有一个贮藏杂物的地窖，爱迪生即在他家中的地窖里玩他科学的把戏。他在地窖中藏着许多玻璃瓶，瓶里都是藏着化学品，有的药品而且是毒性猛烈的。爱迪生的母亲，起初亦不愿孩子玩那些毒药，要想加以制止，但是不可能，于是也任他去玩了。玩化学上的把戏，须要用钱买药品，爱氏在替他母亲出外买东西时，必定要揩一些油，藏几个钱来，去买药品。后来他做了报贩，在火车上卖报，他卖报赚下来的钱，大部分是去买化学药品的。他并且在火车上堆货包的车棚里，贮藏他的玩意儿，报纸卖完，便躲在车棚里玩他的把戏。有一回，车棚坏了，把他化学的瓶子打破，于是烈火熊熊，把破坏的车棚烧起来。车上的警士跑来一看，知道是爱迪生出的岔子，于是猛力的向爱氏一个耳刮，把爱氏的耳朵打聋了。后来据他自己说，耳朵聋了以后，反而使他专心科学。

我希望中国的父亲，都学做富兰克林的父亲；中国的母亲，都学做爱迪生的母亲。任凭自己的小孩子去玩把戏，或许在其中可以走出一个爱迪生来。我更希望中国的男教师学做富兰克林的父亲，女教师学做爱迪生的母亲。所以说出这两个故事，作为我提倡科学教育的楔子。

心香一瓣

孩子是祖国的未来，是祖国明天的希望，所以儿童教育成为一个重要的话题。

小学时期是人生的一个重要的启蒙阶段，这个阶段的孩子的思想就像一张白纸，需要父母和老师来帮他们涂上色彩，涂上对美好未来的憧憬。而科学的教育又是这些色彩中最浓重的一笔，只有将科学的教育方法引进小学教育当中，灌输进孩子的思想中，才会有一个科学的中国。

「作者简介」

陶行知（1891—1946），人民教育家、思想家，民主主义战士，中国人民救国会和中国民主同盟的主要领导人之一。先后创办晓庄学校、生活教育社、山海工学团、育才学校和社会大学。提出了"生活即教育"、"社会即学校"、"教学做合一"三大主张。著有《中国教育改造》、《古庙敲钟录》等。

在北大的演讲

王选

扶植年轻人我觉得是一种历史的潮流，当然我们要创造条件，就是把他们推到需求刺激的风口浪尖上。在这方面我们要创造一切条件让年轻人能够出成果，特别要反对马太效应。

我在 5 年前脱离技术第一线，一年来逐渐脱离管理的第一线，我已经 61 岁了。微软的董事长比尔·盖茨曾经讲过："让一个 60 岁的老者来领导微软公司，这是一件不可设想的事情。"同样，让一个 61 岁的老者来领导方正也是一件不可设想的事情。有一次在北京电视台叫《荧屏连着我和你》这个节目里，我们几个人，被要求用一句话形容我们自己是什么样的人。李素丽的一句话我记得，她说："我是一个善良的人。"非常贴切。我怎么形容自己呢？我觉得我是"努力奋斗，曾经取得过成绩，现在高峰已过，跟不上新技术发展的一个过时的科学家"。（笑声）

我觉得世界上有些事情非常可悲和可笑。当我26岁在最前沿、处于第一个创造高峰的时候，没有人承认。我38岁搞激光照排，提出一种崭新的技术途径，人们说我是权威，这样说也马马虎虎，因为在这个领域我懂得最多，而且我也在第一线。但可悲的是，人们对小人物往往不重视。有一种马太效应，已经得到的他使劲地得到，多多益善，不能得到的他永远得不到。这个马太效应现在体现在我的头上很厉害，就是什么事情都是王选领导，其实我什么都没有领导起来，工作都不是我做的。有时候我觉得可笑，当年当我在第一线、在前沿的时候不被承认，反而有些表面上比我更权威的人要来干预，你该怎么怎么做，实际上他确实不如我懂得多。我也懒得去说服他，就采取阳奉阴违的方法，一旦干到具体活，他根本不清楚里头怎么回事。我现在到了这个年龄，61岁，创造高峰已经过去，我55岁以后就没什么创造了，反而从1991年到1994年间连续增加了三个院士头衔，这是很奇怪的。院士是什么，大家不要以为院士就是权威，就是代表，这是误解。现在把我看成权威，这实在是好笑的，我已经脱离第一线5年，怎么可能是权威？世界上从来没有过60岁以上的计算机权威，只有60岁以上犯错误的一大堆。（笑声、掌声）

我发现，在人们认为我是权威这个事情上，我真正是权威的时候，不被承认，反而说我在玩弄骗人的数学游戏；可是我已经脱离第一线，高峰已经过去了，不干什么事情，已经堕落到靠卖狗皮膏药为生的时候了，（笑声）却说我是权威。当然一直到今年61岁我才卖狗皮膏药，讲讲过去的经历、体会，所以有人说："前几天电视上又看到你了。"我说："一个人老在电视上露面，说明这个科技工作者的科技生涯基本上快要结束了。"（笑声，长时间的鼓掌）在第一线努力做贡献的，哪有时间去电视台做采访。所以1992年前电视台采访我，我基本上都拒绝了。现在为了单位有些需要、事业需要，有时候就去卖狗皮膏药，做点招摇撞骗的事情。（笑声）但我是到61岁才这么干的，以前一直是奋斗的，所以也是可以谅解的。年轻人如果老上电视台，老卖狗皮膏药，这个人我就觉得一点出息都没有。我觉得人们把我看成权威的错误在什么地方呢，是把时态给弄错了，明明是一个过去时态，大家误以为是现在时态，甚至于以为是能主导将来方向的一个将来时态。（笑声）院士者，就是他一生辛勤奋斗，做出了出色贡献，晚年给他一个肯定，这就是院士，（笑声，长时间的掌声）所以千万不要把院士看成当前的学术权威，尤其是发展迅速的新技术领域更是如此，当然年轻院士是例外。可喜的是，年轻院士越来越多了。当然在医学、农业、考古、植物等知识更新不太快，又需要长期积累的领域里，年纪大的还是很有作用的。此外，少数年长院士还在创造高峰期，所以不能一概而论，但在计算机等新兴领域，很难有60岁的权威。

在我刚过55岁的时候，我立刻提了一个建议，说："国家的重大项目，863计划，学术带头人，要小于或等于55岁。"——把我排除在外。这个当然不见得能行，但我还是坚信这是对的。我们看世界上一些企业的创业者、发明家，没有一个超过45岁的。王安创业时是30岁；英特尔的3个创业者，最年轻的31岁，另外两个人也不到40岁；苹果公司的开创者也只有22岁；比尔·盖茨创微软的时候是19岁；雅虎创业者也是不到30岁。所以创业的都是年轻人，我们需要一种风险投资的基金来支持创业者，要看到这个趋势。

我扶植年轻人真心诚意。我们的中年教师，包括我们的博士生导师，都是靠自己奋斗过来的，都是苦出身，所以我们一贯倡导我们的年轻人做的成果，导师没有做什么工作，导师就不署名。当然，外面宣传报道仍然是"在王选领导下……"，我承认我剥削年轻人最多，但是由于大家都知道我并不是主观上要去剥削年轻人，所以对我也比较谅解，（笑声）见报以后也不以为然，知道是怎么回事。扶植年轻人我觉得是一种历史的潮流，当然我们要创造条件，就是把他们推到需求刺激的风口浪尖上。在这方面我们要创造一切条件让年轻人能够出成果，特别要反对马太效应，尤其在中国，我觉得在中国论资排辈的势力还是有的，崇尚名人，什么都要挂一个名人的头衔，开鉴定会的时候挂一个什么院士，其实院士并不了解那个具体领域。我们打破这种风气是需要努力的。

名人和凡人差别在什么地方呢？名人用过的东西，就是文物了，凡人用过的就是废物；名人做一点错事，写出来叫名人轶事，凡人呢，就是犯傻；名人强词夺理，叫做雄辩，凡人就是狡辩了；名人跟人握握手，叫做平易近人，凡人就是巴结别人了；名人打扮得不修边幅，叫有艺术家的气质，凡人呢，就是流里流气的；名人喝酒，叫豪饮，凡人就叫贪杯；名人老了，称呼变成王老，凡人就只能叫老王。（讲这段话时一直有笑声、掌声）这样一讲呢，我似乎慢慢在变成一个名人了，在我贡献越来越少的时候，忽然名气大了。所以，要保持一个良好的心态，认识到自己是一个非常普通的人，而且正处在犯错误的危险的年龄上，这在历史上不乏先例。

心香一瓣

"江山代有才人出,各领风骚数百年。"要创新,就要大胆扶植年轻人。

缺乏新鲜泉水注入的河流,只能成为一潭死水;没有新旧思想的交锋碰撞,科学事业就会停止进步。

"如果我看得高远,那是因为我站在巨人的肩膀上。"后人总要在前人的基础上更上一层楼。给年轻人机会,就是给自己进步的动力,给自己挑战的机会,给自己更为优秀的成长舞台!

「作者简介」

王选(1937—2006),曾任中国科学院院士,中国工程院院士,第三世界科学院院士。是汉字激光照排系统的创始人,他所领导的科研集体研制出的汉字激光照排系统为新闻、出版全过程的计算机化奠定了基础,被誉为"汉字印刷术的第二次发明"。本文为王选教授1998年10月在北京大学的演讲报告节选,根据录音整理。

人生的境界：单纯、丰富、宁静

周国平

> 人一生中最值得追求的两样东西，一个是幸福，一个是优秀。我的看法是，一个人如果保持生命的单纯，就是幸福的；而如果在精神上拥有自由的头脑、丰富的心灵和高贵的灵魂，就无疑是优秀的。

我想通过这题目跟大家交流一下我对人生的主要体会。人生中到底什么是值得珍惜的，是值得你去追求的？要回答这个问题，实际上首先就要问一个问题：人的身上什么东西是最有价值的？我认为主要有两个，一个是生命，另一个是精神。人的精神属性又可以相对地区分为理性（头脑）、情感（心灵）和灵魂。人一生中最值得追求的两样东西，一个是幸福，一个是优秀。我的看法是，一个人如果保持生命的单纯，就是幸福的；而如果在精神上拥有自由的头脑、丰富的心灵和高贵的灵魂，就无疑是优秀的。下面我就先讲讲生命，然后讲讲精神。

生命应该是单纯的

美国哲学家爱默生说过一句话,他说婴儿期是永远的救世者,为了引导堕落的人类重返天国,它不断地重新来到人类的怀抱。我觉得这句话说得真好!

现在这个时代有一个比较大的问题,就是很多人关心物质的东西甚于生命,价值观念非常单一,个人赚钱成了头等大事。在这种情况下,实际上我们从人生的定位来说,可能忽略了生命本身的需要。

其实,生命本身的需要和物质的欲望是两码事,但是现在我们往往是把两者混淆起来了。这一点,中国和西方的哲学家都很强调,在中国,尤其是道家非常强调这一点,就是说要保护好本来的完整的生命,用道家的话来说叫"全性保真",你的完整的真实的生命状态,你要保护好,"不以物害形",就是不要用物质来损害身体,这是道家很重视的一点。用庄子的话来说,就是不要失去你的性命之情,就是你生命的本来状态。西方哲学家也是这样,古希腊对什么是幸福基本上有两派观点,一派叫作快乐主义,一派叫作完善主义。快乐主义的代表人物就是古希腊的伊壁鸠鲁。他强调,快乐就是身体的无痛苦和灵魂的无纷扰,就是你身体健康,灵魂宁静,那就是幸福。人为什么会痛苦,就是欲望超过了你生命本身的需要,本来不是你生命必需的东西,但是却成了你生命主要的追求目标,欲望超过了生命的本身需要,这是痛苦的主要根源。按照伊壁鸠鲁的观点,自然的需要都是容易得到满足的,大自然把人产生出来以后,大自然是给你生存的条件的,但是如果你超出这个就不一样了。什么才是生命本身的需要呢?在我看来,可以分为两部分，一个是对外部自然的需要，就是一个好的自然环境，另一个是人身上那些自然的需要，比如健康、安全等等。还有就是我非常强调的一点：爱情、亲情、家庭。这是生命骨子里的东西，是最核心的、最根本的需要。

我这一辈子幸福感最强烈的时候，一个是17岁刚上大学的时候，突然发现世界上有那么多漂亮的姑娘，这世界真是太美好了！还有就是当爸爸的时候。当然那一段我的人生挫折也挺大的。我的第一个女儿，在她满月的时候就发现了患有先天性的癌症，仅仅活了一年半。后来，我给她写了一本书，叫《妞妞：一个父亲的札记》。但是我感谢老天，他没有抛弃我，又让我当了爸爸。今年初，我出了一本书，叫《宝贝，宝贝》，就是写我第二个女儿啾啾的。我真的认为，当你迎来小生命的时候，那种幸福感是难以形容的。孩子很小的时候，其实他是一个小动物，他是个幼仔，那时候你也变成了一个动物，变成了成年兽。当成年兽实际上是非常单纯的，回归了生命的单纯，成天就是伺候这个小身体，我觉得非常有滋味。

所以我说，大自然安排的这个事情，爱情也好，亲情也好，你们不要看轻它，它是人生最重要的部分。它不仅给了我最大的幸福，也给了我巨大的启示。这启示就是，它净化了我的生命，净化了我的心灵。我们平时活得太复杂了，我们把名啊、利啊、身份、地位、财富、权力等等都看得非常重，但是你仔细想一想，这些东西和你生命本身的东西相比，其实是表面的。尽管我们在社会上立足也需要这些，但是你始终要保持一种清醒，什么才是最重要的。你不能一辈子为这些东西活，否则就是本末倒置了。美国哲学家爱默生说过一句话，他说婴儿期是永远的救世者，为了引导堕落的人类重返天国，它不断地重新来到人类的怀抱。我觉得这句话说得真好！

很多人问我，周老师，你最看重的是你的什么身份，哲学家、学者、作家？我说我最看重的是爸爸、父亲，我觉得如果我不当父亲，我的生命将是一辈子的缺憾。我们要珍惜平凡生活的价值，其实这个平凡的生活构成了人类生活的永恒的核心，所有的不平凡最后都要回归到平凡生活，都要用平凡生活来衡量它到底好不好。我很赞成法国的一个哲学家叫蒙田，他说一个人能和家人和睦相处，这是人生的重大成就。作为一个民族，一个国家来讲也是这样，你的GDP再高，如果老百姓的生活不能过好，没有尊严感、安全感，那么这就不能算是国家治理的成功。

有人说金钱是万恶之源，我觉得这句话是错的。金钱本身是中性的，是手段，看你怎么用，贪婪才是万恶之源。怎么样才能用一种正确的态度来对待金钱呢？我总结出四条：第一就是用正当的手段去获得金钱，对于不义之财不动心。第二就是有了财富以后你仍然要保持超脱的心态，把金钱看成是身外之物。第三就是在富裕以后，仍然要过一种简朴的生活。第四就是永远不要把金钱、财富作为目标，而应作为满足你基本生活、精神需要的手段。

精神的高贵离不开发问

科学研究的目的是为了满足好奇心，而不是为了名利，这个"利"也包括所谓的经济效益。这也就是说，精神生活、智力生活本身就是价值，不能用物质收益去衡量它的价值。

接下来我想谈谈头脑的丰富和心灵的丰富。人作为一个精神性存在，他的精神属性是人之为人的特点，所以从人的境界来说，我觉得更重要的就是要让你自己成为一个精神上优秀的人，让你的每一种精神属性得到很好的生长。人最重要的智力素质是什么？我认为第一是好奇心。柏拉图、亚里斯多德都说过哲学是从惊疑开始的，当一个人对世界感到惊奇、对人生感到疑惑的时候，他就开始在进行哲学思考了。哲学问题并不是几个头脑奇怪的哲学家硬想出来的，而是人生本身所包含的，我们每一个人理性觉醒时就会去想。这一点我从我女儿身上看得特别清楚。啾啾从三四岁就开始提问题了，各种各样的问题都有，其中有些是真正的哲学问题。比如说，她四五岁的时候，就会问她妈妈，云后面是什么，她妈妈说云后面是星星，她再问星星后面是什么，妈妈说星星后面还是星星，她说我问的最后那个是什么，妈妈说没有最后的。这个时候她就转过头来问我，她说爸爸，这怎么可能呢，她说你看我们的屋顶都有天花板的，天也应该有天花板吧？这就是康德说的哲学上很难解答的四个二律背反问题中的一个——世界在空间上是有限的还是无限的？我举这个例子是想说明，人都是有好奇心的，类似于"我们从哪里来，要到哪里去，我们是谁"这样的问题，实际上是我们人生困境的反映。

哲学实际上就是要把这类问题想明白。如果你们真的想要了解什么是哲学的话，就应该去读大师的作品，去读原著，而不是教材、教条。哲学按照它的本意来说就是爱智慧，就是让你去想人生的那些大问题，世界的那些大问题。真正的哲学问题往往是没有答案的，但是想这些问题的人和不想这些问题的人，他们的思想境界是不一样的，他们的人生格调是不一样的，学哲学真正的作用是这个。爱因斯坦说神圣的好奇心是一颗脆弱的幼苗,它很容易被扼杀掉。所以大家要保护自己的好奇心,要发展自己的兴趣。

另一个重要的智力要素,就是独立思考的能力。爱因斯坦把独立思考的能力称为老天赐予我们的不可多得的天赋,他称之为内在自由。一个人有了独立思考的能力,他就能够实现内心的自由。

那么学校应该教给学生什么呢?我认为相对于好奇心,应该培养学生快乐学习的能力;相对于独立思考,应该培养学生自主学习的能力。你要知道自己学习的兴趣是什么,然后根据兴趣安排自己的学习,我觉得这一点非常重要。智力活动本身就是有价值的,你不能用物质来衡量它的价值。

有一年,丁肇中先生在南京做讲座,当时有一个听众提问说,丁先生,你现在的研究项目有什么经济效益?丁先生一听就愣住了,说:"我不知道。"他说,实际上诺贝尔物理学奖第一届、第二届奖给X光和电子的发明,包括后来的原子能物理学、量子力学,这些项目在一开始的时候都被看作是花钱最多最没有经济效益的项目,它们的所谓的经济效益都是后来才知道的,是后来才显示出来的。然后他说了一句话:"其实科学研究的目的是为了满足好奇心,而不是为了名利",这个"利"也包括所谓的经济效益。就是说,一个个人,为了个人的名利去搞科研,这是卑劣的,这是比较渺小的;一个民族,为了所谓的经济效益去搞科研,也是渺小的。这也就是说,精神生活、智力生活本身就是价值,不能用物质收益去衡量它的价值。这是包括马克思在内的欧洲人文精神的伟大传统。马克思的很多著作里面有一个一贯的思想,他强调一点,就是人和动物的本质区别是什么,就是人不仅仅是为了满足自己的生存而活动，人的本质在于自由活动。他说：真正的自由王国存在于物质生产领域的彼岸，那就是作为目的本身的人的能力的发展。能力的发展本身就是目的，老天给了你最好的东西——精神能力，让它生长让它发展，你自己从这种能力的发展里面去享受，享受你的精神属性，这就是目的本身，让所有人都能这样，这才是一个理想的社会。

所以我说，在学校里面，养成对智力活动的爱好，喜欢智力活动，品尝到智力活动的快乐，这一点非常重要。学习本身是快乐的。什么是知识分子？知识分子不是说有了大学学历，有了博士硕士学位就是知识分子了。我看一个人是不是知识分子，就看他是不是真正品尝到了智力活动的快乐，从此养成了智力活动的习惯，一辈子也改不了了，你不让他搞智力活动不让他动脑子不让他学习他就难受，这样的人才叫做知识分子。他是真正热爱，是真正尝到了快乐了，所以养成了这个习惯，我认为这是最重要的。这是快乐学习的能力，然后在这个基础上，应该自学，应该自己支配自己的学习，当学习的主人，我称之为自主学习的能力。我认为所有有作为的人，其实都是自学者，真正有效率的学习肯定就是自学，你自己安排的学习。你按照自己的兴趣去学习，自己去支配自己的学习，这是最有效率的学习。

大家一定要记住这一点，要做学习的主人。首先你要对学习感兴趣，然后你要知道自己的兴趣所在，要安排自己的学习。英国哲学家怀海特说过一句话，他说什么是教育，教育就是等你把在课堂上学的东西都忘记了，把为考试而背诵的东西都忘记了，那剩下的东西就是教育。如果你把上课学的考试背的全忘了以后什么也没剩下的话，那你就是没有受过教育，就是白受了教育了。那剩下的东西是什么，就是一种智力活动的习惯。用怀海特的话来说，就是"一种融入你的血肉的智力活动的习惯"。这个东西是最根本的。怀海特还说，知识性的东西你不用是很容易忘记的，你要用的话很容易查到，那么你把你的精力都花在这上面干什么？爱因斯坦也说过，教育的目的不是知识不是培养专家。我理解，教育和做人是一回事，就是你认为人生什么东西是最有价值的，那么教育就要为这个东西打下基础，那就是做一个精神上优秀的人，你的各种精神属性发展良好的人，这是教育目的之所在。

内心的丰富源于阅读的熏陶

一个人应该从自己的性情出发，不要把功利看得太重要。人生的第一目标应该是优秀而不是成功，应该把成功作为一个副产品，首先要让自己成为一个优秀的人。这样，哪怕你不成功，你的生活也是有意义的，你的内心是充实的。

最后我想说的是，人不光是有智力的动物，人还是有情感的动物。这个情感我理解是一个广义的情感，是一种心灵生活，是内心生活，是感受能力。人有认识能力，还有感受能力。认识能力是针对世界的，或者针对事物的，去认识一个事物。那么人还有感受能力，感受能力往往是面对事物对于自己人生的意义，所以你会被触动，你内心会有快乐、有难过、有悲喜，你是投入情感的，那么这种东西就是人的感受能力。如果你光是发展你的智力，那么你仅仅只是一个思维的机器，人还应该做一个人性丰满的人，要有丰富的内心生活。人有没有丰富的内心生活真是大不一样。实际上，我就觉得一个人看世界他是按照他内心丰富的程度来看的。有的人内心很贫乏，他看到的世界也绝对是很贫乏的，如果他只有一个功利的目的，那他看世界就只有一个功利的角度，他就看不到世界上美的、丰富的东西。泰戈尔说过一句话，他说：如果我小时候没有听过那些童话故事，没有看过《一千零一夜》和《鲁宾逊漂流记》的话，那我现在眼中的世界就不会这么美好。这说明，人的内心的丰富是熏陶出来的。

我们不管是读什么专业的，如果你要真正作为一个人来生活，一个有精神属性的有内心生活的人来生活的话，那我就强调你一定要养成阅读的习惯。我说的阅读不仅仅是指读那些专业的书，而是指读那些人文方面的书，尤其是人文经典著作，文学、历史、哲学，应该多读一些这样的书。不管什么专业，应该有这样的人文素养，为了你的内心丰富，为了你真正地生活在一个更丰富的世界上，而不仅仅是一个功利的世界上。

关于读书，我的主张是，第一，多阅读，少看电视少上网。书籍和网络是不一样的，人类最宝贵最重要的精神财富是用书籍的形式保存下来的，虽然现在好多书都变成了网络上的文档了，但是没有几个人上网是去看那些经典著作的，基本都是看八卦新闻或者聊天，最不济的就是玩游戏了。我非常欣赏上世纪七八十年代美国文化传播学家波兹曼关于电视和书籍的一个比较。波兹曼说，电视有两个特点，一是追求信息的快和新，另一个是用图像来表达。与此相反，书籍不是追求快和新的，书籍中有一个悠久的传统。另外，书籍是用文字来表达的，文字是抽象符号，要理解抽象符号你必须动脑筋思考。所以他说，实际上通过电视人类越来越野蛮化了，越来越没文化了。我想他的警告是有一定道理的。

第二，读什么？要多读经典著作，少读或者不读畅销书。什么是畅销书啊？我觉得有一个定义下得特别好，就是说：今天人人在谈论，一年以后没有人再理睬的书就是畅销书。完全是快餐式的，过眼烟云，你把你的时间浪费在那上面干什么？

第三，我强调要读原著，不要去读那些二手、三手的那些材料。《论语》你就要去读孔子的《论语》，你不要只去读"感悟"、"心得"之类的东西，你读了这些东西你仍然不知道孔子。学哲学也是这样，要去读哲学家的原著，我是真的感觉到我是读了原著才知道什么是哲学的，读了柏拉图，读了康德，读了叔本华、尼采，我才知道什么是哲学，光看教科书你是不知道的。有一个古希腊哲学家，叫克里斯迪普，他说过一句话：有的人很奇怪，他们喜欢哲学，但是他们不去读哲学家的原著，去读那些解释性的作品，这就好像一个人爱上了女主人但是怕麻烦而去向女仆求爱一样。那不是很可笑吗？但是现在向女仆求爱的比比皆是，都不敢向女主人求爱，其实女主人可能比女仆更平易近人。

除了养成阅读的习惯之外，我建议养成写日记的习惯。其实每一个会写字的人都应该写日记，我真的觉得一个人真正能留住的，其实要说什么也留不住，生活总是在流逝，但是你总是应该用某种方式把它留住，把它变成你心灵的财富。

有的人认为，读人文方面的著作是人文学者的事情，写作好像是作家的事情，我觉得这其实是个天大的误会。在我看来，阅读、写作是属于每一个关心心灵生活的人，它们应该是非职业的。托尔斯泰说：写作的职业化是文学堕落的根源。我觉得讲得非常对。

我想，一个人还是应该从自己的性情出发，不要把功利看得太重要。人生的第一目标应该是优秀而不是成功，应该把成功作为一个副产品，首先要让自己成为一个优秀的人。这样，哪怕你不成功，你的生活也是有意义的，你的内心是充实的。在我们这样一个开放的时代，只要你真正成为一个优秀的人，我觉得成功的机会总是有的。而且一旦成功，就是真正的成功，是有内涵的成功，而不是表面的成功。

心香一瓣

境界的高低，决定了每个人生命的丰富程度。

只有内心深处如婴儿般单纯的人，才能体会到人生无处不在的幸福。这种单纯，不是不谙世事的幼稚，而是崇尚简单、懂得知足、拿得起放得下的大有大无。这种人，深谙磨砺内心远胜于油饰外表，所以他们能够活得淡定、洒脱。

成功是一种结果，优秀是一种习惯，幸福是一种感受。思想境界的高低，决定了每个人的幸福指数和人生所能达到的高度。

「作者简介」

周国平（1945— ），生于上海，1967年毕业于北京大学哲学系，1978年考入中国社会科学院哲学系，1981年毕业，现为中国社会科学院哲学研究所研究员。著有学术专著《尼采：在世纪的转折点上》、《尼采与形而上学》，随感集《人与永恒》，诗集《忧伤的情欲》，散文集《守望的距离》、《各自的朝圣路》、《安静》、《善良·丰富·高贵》，纪实作品《妞妞：一个父亲的札记》、《岁月与性情——我的心灵自传》、《偶尔远行》、《宝贝，宝贝》等。

每一条河流都有自己的生命曲线

俞敏洪

> 伟大与平凡的不同之处,一个平凡的人每天过着琐碎的生活,但是他把琐碎堆砌出来,还是一堆琐碎的生命。所谓伟大的人,是把一堆琐碎的事情,通过一个伟大的目标,每天积累起来以后,变成一个伟大的事业。

人的生活方式有两种,第一种是像草一样活着。你尽管活着,每年还在成长,但是你毕竟是一颗草;你吸收雨露阳光,但是长不大。人们可以踩过你,人们不会因为你的痛苦而产生痛苦;人们不会因为你被踩了,而来怜悯你,因为人们本身就没看到你。所以,我们每一个人都应该像树一样成长。即使我们现在什么都不是,但是只要你有树的种子,即使被人踩到泥土中间,你依然能够吸收泥土的养分,自己成长起来。也许两年、三年你长不大,但是十年、八年、二十年,你一定能长成参天大树,当你长成参天大树以后,

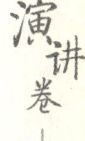

遥远的地方，人们就能看到你；走近你，你能给人一片绿色、一片阴凉，你能帮助别人。即使人们离开你以后，回头一看，你依然是地平线上一道美丽的风景线。树，活着是美丽的风景，死了依然是栋梁之才。活着死了都有用，这就是我们每一个同学做人的标准和成长的标准。

当一个人为别人活着的时候，就非常麻烦。因为别人的标准是不一样的，没有坚持了自己的追求而想要的东西，你的尊严和自尊是得不到保证的，因为你总是在飘摇中间。对于我们来说，保持自己尊严和自尊的最好的方法是什么呢？就是说你有一个梦想，通过从最基本的一个步骤，你就可以开始追求。比如说最后你想取代我，成为新东方的董事长和总裁，你能不能做到？只要你有足够的心态和足够做事情的方法，以及胸怀，肯定是能做到的。

凡是想要一下子把一件事情干成的人，就算他干成这件事情，他也没有基础，因为等于是在沙滩上造的房子，最后一定会倒塌。只有慢慢地一步一步把事情干成的，每一步都给自己打下坚实的基础，每一步都给自己一个良好的交代，再重新向未来更高去走每一步的人，他才能够把事情真正地做成功。

当你决定了一辈子干什么以后，你就要坚定不移地干下去，就不要随便地换。你可以像一条河流一样，越流越宽阔，但是千万不要再想去变成另外一条河，或者变成一座高山。有了这样一个目标以后，你生命就不会摇晃，不会因为有某种机会，你就到处乱窜，这样你才能够做出事情。

我们未来生活的一种重要能力，叫做忍辱负重的能力。很多社会名流会遇到很多很多你不能忍受的事情，但是你不得不忍受。而你不忍受就不可能成功。为什么，因为你不忍辱负重，你就没有时间，你就没有空间，没有走向未来的空间。如果你想走向未来，最后变得更加强大、更加繁荣，你就必须要做好给自己留下足够的时间和空间。轮到我们自己的生命，要想为一个伟大的目标而奋斗的时候，你排除也得必须排除，你生命中一切琐碎的干扰，因此你就必须忍辱负重。

不管我们是什么年龄，我们都不能做一时气不过的事情。这个世界上让你气不过的事情太多了，只有你气得过的时候，这个世界才能在你面前展开最光辉的一面。

我有这么一个比喻，每一条河流都有自己不同的生命曲线。长江和黄河的曲线，是绝对不一样的。但是每一条河流都有自己的梦想，那就是奔向大海。所以不管黄河是多么的曲折，绕过了多少的障碍；长江拐的弯不如黄河多，但是她冲破了悬崖峭壁，用的方式是不一样的，但是最后都走到了大海。当我们遇到困难时，不管是冲过去还是绕过去，只要我们能过去就行。我希望大家能使自己的生命向梦想流过去，像长江、黄河一样流到自己梦想的尽头，进入宽阔的海洋，使自己的生命变得开阔，使自己的事业变得开阔。但是并不是你想流就能流过去，其实这里面就具备了一种精神，毫无疑问就是水的精神。我们的生命有时候会是泥沙，尽管你也跟着水一起往前流，但是由于你个性的缺陷，面对困难的退步或者说胆怯，你可能慢慢地就会像泥沙一样沉淀下去，一旦你沉淀下去，也许你不用为前进而努力了，但是你却永远见不得阳光了。你沉淀了下去，上面的泥沙就会不断地把你压住，最后你会暗无天日。所以我建议大家，不管你现在的生命是什么样的，一定要有水的精神。

哪怕被污染了，也能洗净自己。像水一样，不断地积蓄自己的力量，不断地冲破障碍，当你发现时机不到的时候，把自己的厚度给积累起来，当有一天时机来临的时候，你就能够奔腾入海，成就自己的生命。

渡过难关是一种心态，你想要跨过去的话，就必然能跨过去。

很多人在工作的时候，带着怨气和怨恨在工作，你的工作就远做不好。

如何能够把事情做得更成功的几个要点。第一要点，如何尽可能把自己的长期目标和短期目标结合起来。我们要先分清楚，哪些事情是我们想一辈子干的事情，哪些事情是一下子干完，我们就可以不用干的事情。中国有句话叫急事慢做，你越着急的事情，你做得越仔细、越认真，越能把事情做好。而你越着急的事情，做的越快反而越做得七零八落，我把这个急事也叫做大事。第二个要素就是要决定自己一辈子干什么。那么还有一个我觉得非常重要的，就是平时做事情的时候，对时间的计划性。还有一点，就是成功要自我约束。任何时候，当你前面面临一个巨大的诱惑，和其他任何可能产生诱惑的时候，如果你觉得自己停不下来，你千万别去追那个东西。因为你追了那个东西停不下来，最后栽跟头的一定就是你。

千万记住一点，做任何事情的时间都是能挤出来的。

伟大与平凡的不同之处，一个平凡的人每天过着琐碎的生活，但是他把琐碎堆砌出来，还是一堆琐碎的生命。所谓伟大的人，是把一堆琐碎的事情，通过一个伟大的目标，每天积累起来以后，变成一个伟大的事业。

我的核心价值观就是，以善为生，用善良的心态来对待自己的生命和别人的生命。

有两句话我是比较欣赏的：生命是一种过程，事业是一种结果。

我们每一个人是活在每一天的，假如说你每一天不高兴，你把所有的每一天都组合起来，就是你一辈子不高兴。但是假如你每一天都高兴了，其实你一辈子就是幸福快乐的。有一次我在往黄河边上走的时候，我就用矿泉水瓶灌了一瓶水。大家知道黄河水特别的浑，后来我就放在路边，大概有一个小时左右，我非常吃惊地发现，四分之三已经变成了非常清澈的一瓶水，而只有四分之一呢，是沉淀下来的泥沙。如果我们把这瓶水中的清水部分比喻为我们的幸福和快乐，而把沉淀的泥沙比喻为我们的痛苦的话，你就明白了：当你摇晃一下以后，你的生命中整个充满的是浑浊，也就是充满的都是痛苦和烦恼。但是当你把心静下来的以后，尽管泥沙总的分量一点都没有减少，但是它沉淀在你的心中，因为你的心比较沉静，所以就再也不会被搅和起来，因此你的生命的四分之三，就一定是幸福和快乐的。

人的生命道路其实很不平坦，靠你一个人是绝对走不完的，这个世界上只有你跟别人在一起，为了同一个目标一起做事情的时候，才能把这件事情做成。一个人的力量很有限，但是一群人的力量是无限的。当五个手指头伸出来的时候，它是五个手指头，但是当你把五个手指头握起来的时候，它是一个拳头。未来除了是你自己成功，一定要跟别人一起成功，跟别人团结在一起，形成我们，你才能把事情做成功。

心香一瓣

成功的道路千万条，哪一条才是你应该走的？每个人的喜好不同，追求不同，因而选择的奋斗道路也千差万别。但所有成功的人士，身上的闪光点却大体是一样的。

目标明确，执着奋斗，珍惜时间，坚忍不拔，善于合作……正是这些优秀的品质，铸就了他们光彩夺目的人生。

伟大源自一种信念，优秀出自一种习惯。要成功，就要首先把自己准备好。因为，对待生活和事业的姿态，决定了一个人的境界和高度。

「作者简介」

俞敏洪（1962— ），江苏江阴人。1985年任北京大学外语系教师，1993年创办北京新东方学校，2003年成立新东方教育科技集团。现任新东方教育科技集团董事长兼总裁等，被尊称为"留学教父"。

把平凡的日子堆砌成伟大的人生
——在北京大学2008年开学典礼上的发言

俞敏洪

> 如果我们有一个伟大的理想，有一颗善良的心，我们一定能把很多琐碎的日子堆砌起来，变成一个伟大的生命。

各位同学、各位领导：

　　大家上午好！

　　非常高兴许校长给我这么崇高的荣誉，谈一谈我在北大的体会。可以说，北大是改变了我一生的地方，是提升了我自己的地方，使我从一个农村孩子最后走向了世界的地方。毫不夸张地说，没有北大，肯定就没有我的今天。北大给我留下了一连串美好的回忆，大概也留下了一连串的痛苦。正是在美好和痛苦中间，在挫折、挣扎和进步中间，最后找到了自我，开始为自己、为家庭、为社会能做一点事情。

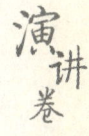

人的进步是一辈子的事情

学生生活是非常美好的,有很多美好的回忆。我还记得我们班有一个男生,每天都在女生的宿舍楼下拉小提琴,希望能够引起女生的注意,结果后来被女生扔了水瓶子。我还记得我自己为了吸引女生的注意,每到寒假和暑假都帮着女生扛包。后来我发现那个女生有男朋友,我就问她为什么还要让我扛包,她说为了让男朋友休息一下。我也记得刚进北大的时候我不会讲普通话,全班同学第一次开班会的时候互相介绍,我站起来自我介绍了一番,结果我们的班长站起来跟我说:"俞敏洪你能不能不讲日语?"我后来用了整整一年时间,拿着收音机在北大的树林中模仿广播台的播音,但是到今天普通话还依然讲得不好。

人的进步可能是一辈子的事情。在北大是我们生活的一个开始,而不是结束。有很多事情特别让人感动。比如说,我们很有幸见过朱光潜教授。在他最后的日子里,是我们班的同学每天轮流推着轮椅在北大里陪他一起散步。每当我推着轮椅的时候,我心中就充满了对朱光潜教授的崇拜,一种神圣感油然而生。所以,我在大学看书最多的领域是美学。因为他写了一本《西方美学史》,是我进大学以后读的第二本书。

为什么是第二本呢?因为第一本是这样来的,我进北大以后走进宿舍,我有个同学已经在宿舍。那个同学躺在床上看一本书,叫做《第三帝国的兴亡》。所以我就问了他一句话,我说:"在大学还要读这种书吗?"他把书从眼睛上拿开,看了我一眼,没理我,继续读他的书。这一眼一直留在我心中。我知道进了北大不仅仅是来学专业的,要读大量大量的书,你才能够有资格把自己叫做北大的学生。所以我在北大读的第一本书就是《第三帝国的兴亡》，而且读了三遍。后来我就去找这个同学，我说："咱们聊聊《第三帝国的兴亡》。"他说："我已经忘了。"

我也记得我的导师李赋宁教授，原来是北大英语系的主任，他给我们上《新概念英语》第四册的时候，每次都把板书写得非常的完整，非常的美丽。永远都是从黑板的左上角写起，等到下课铃响起的时候，刚好写到右下角结束。我还记得我的英国文学史的老师罗经国教授，我在北大最后一年由于心情不好，导致考试不及格。我找到罗教授说："这门课如果我不及格就毕不了业。"罗教授说："我可以给你一个及格的分数，但是请你记住了，未来你一定要做出值得我给你分数的事业。"所以，北大老师的宽容、学识、奔放、自由，让我们真正能够成为北大的学生，真正能够得到北大的精神。当我听说许智宏校长对学生唱《隐形的翅膀》的时候，我打开视频，感动得热泪盈眶。因为我觉得北大的校长就应该是这样的。

"到八十岁以后把你们送走了我再走"

我记得自己在北大的时候有很多的苦闷。一是普通话不好，第二英语水平一塌糊涂。尽管我高考经过三年的努力考到了北大——因为我落榜了两次，最后一次很意外地考进了北大。我从来没有想过北大是我能够上学的地方，她是我心中一块圣地，觉得永远够不着。但是那一年，第三年考试时我的高考分数超过了北大录取分数线七分，我终于下定决心咬牙切齿填了"北京大学"四个字。我知道一定会有很多人比我分数高，我认为自己是不会被录取的。没想到北大的招生老师非常富有眼光，料到了三十年后我的今天。但是

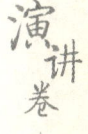

实际上我的英语水平很差,在农村既不会听也不会说,只会背语法和单词。我们班分班的时候,五十个同学分成三个班,因为我的英语考试分数不错,就被分到了A班,但是一个月以后,我就被调到了C班。C班叫做"语音语调及听力障碍班"。

我也记得自己进北大以前连《红楼梦》都没有读过,所以看到同学们一本一本书在读,我拼命地追赶。结果我在大学差不多读了八百多本书,用了五年时间。但是依然没有赶超上我那些同学。我记得我的班长王强是一个书癖,现在他也在新东方,是新东方教育研究院的院长。他每次买书我就跟着他去,当时北大给我们每个月发二十多块钱生活费,王强有个癖好就是把生活费一分为二,一半用来买书,一半用来买饭菜票。买书的钱绝不动用来买饭票。如果他没有饭菜票了就到处借,借不到就到处偷。后来我发现他这个习惯很好,我也把我的生活费一分为二,一半用来买书,一半用来买饭菜票,饭票吃完了我就偷他的。

毫不夸张地说,我们班的同学当时在北大,真是属于读书最多的班之一。而且我们班当时非常地活跃,光诗人就出了好几个。后来挺有名的一个诗人叫西川,真名叫刘军,就是我们班的。我还记得我们班开风气之先,当时是北大的优秀集体,但是有一个晚上大家玩得高兴了,结果跳起了贴面舞,第二个礼拜被教育部通报批评了。那个时候跳舞是必须跳得很正规的,男女生稍微靠近一点就认为违反风纪。所以你们现在比我们当初要更加幸福一点。不光可以跳舞,而且可以手拉手地在校园里面走,我们如果当时男女生手拉手在校园里面走,一定会被扔到未名湖里,所以一般都是晚上十二点以后再在校园里面走。

我也记得我们班五十个同学,刚好是二十五个男生二十五个女生,我听到这个比例以后当时就非常的兴奋,我觉得大家就应该是一个配一个。没想到女生们都看上了那些外表英俊潇洒、风流倜傥的男生。像我这样外表不怎么样,内心充满丰富感情、未来有巨大发展潜力的,女生一般都看不上。

我记得我奋斗了整整两年希望能在成绩上赶上我的同学,但是就像刚才吕植老师说的,你尽管在中学高考可能考得很好,是第一名,但是北大精英人才太多了,你的前后左右可能都是智商极高的同学,也是各个省的状元或者说第二名。所以,在北大追赶同学是一个非常艰苦的过程,尽管我每天几乎都要比别的同学多学一两个小时,但是到了大学二年级结束的时候我的成绩依然排在班内最后几名。非常勤奋又非常郁闷,也没有女生来爱我安慰我。这导致的结果是,我在大学三年级的时候得了一场重病,这个病叫做传染性侵润肺结核。当时我就晕了,因为当时我正在读《红楼梦》,正好读到林黛玉因为肺结核吐血而亡的那一章,我还以为我的生命从此结束,后来北大医院的医生告诉我现在这种病能够治好,但是需要在医院里住一年。我在医院里住了一年,苦闷了一年,读了很多书,也写了六百多首诗歌,可惜一首诗歌都没有出版过。从此以后我就跟写诗结上了缘,但是我这个人有丰富的情感,却没有优美的文笔,所以终于没有成为诗人。后来我感到非常的庆幸,因为我发现真正成为诗人的人后来都出事了。我们跟当时还不太出名的诗人海子在一起写过诗。后来他写过一首优美的诗歌,叫做《面朝大海,春暖花开》,我们每一个同学大概都能背。后来当我听说他卧轨自杀的时候,嚎啕大哭了整整一天。从此以后,我放下笔,再也不写诗了。

记得我在北大的时候，到大学四年级毕业时，我的成绩依然排在全班最后几名。但是，当时我已经有了一个良好的心态。我知道我在聪明上比不过我的同学，但是我有一种能力，就是持续不断的努力。所以在我们班的毕业典礼上我说了这么一段话，到现在我的同学还能记得，我说："大家都获得了优异的成绩，我是我们班的落后同学。但是我想让同学们放心，我决不放弃。你们五年干成的事情我干十年，你们十年干成的我干二十年，你们二十年干成的我干四十年。"我对他们说："如果实在不行，我会保持心情愉快、身体健康，到八十岁以后把你们送走了我再走。"

雄鹰PK蜗牛

有一个故事说，能够到达金字塔顶端的只有两种动物，一是雄鹰，靠自己的天赋和翅膀飞了上去。我们这儿有很多雄鹰式的人物，很多同学学习不需要太努力就能达到高峰。很多同学后来可能很轻松地就能在北大毕业以后进入哈佛、耶鲁、牛津、剑桥这样的名牌大学继续深造。有很多同学身上充满了天赋，不需要学习就有这样的才能，比如说我刚才提到的我的班长王强，他的模仿能力就是超群的，到任何一个地方，听任何一句话，听一遍模仿出来的绝对不会两样。所以他在北大广播站当播音员当了整整四年。我每天听着他的声音，心头咬牙切齿充满仇恨。所以，有天赋的人就像雄鹰。但是，大家也都知道，有另外一种动物，也到了金字塔的顶端。那就是蜗牛。蜗牛肯定只能是爬上去。从底下爬到上面可能要一个月、两个月，甚至一年、两年。在金字塔顶端，人们确实找到了蜗牛的痕迹。我相信蜗牛绝对不会一帆风顺地爬上去，一定会掉下来、再爬、掉下来、再爬。但是，同学们所要知道的是，蜗牛只要爬到金字塔顶端，它眼中所看到的世界，它收获的成就，跟雄鹰是一模一样的。所以，也许我们在座的同学有的是雄鹰，有的是蜗牛。我在北大的时候，包括到今天为止，我一直认为我是一只蜗牛。但是我一直在爬，也许还没有爬到金字塔的顶端。但是只要你在爬，就足以给自己留下令生命感动的日子。

理想+良心=成就人生

我常常跟同学们说，如果我们的生命不为自己留下一些让自己热泪盈眶的日子，你的生命就是白过的。我们很多同学凭着优异的成绩进入了北大，但是北大绝不是你们学习的终点，而是你们生命的起点。在一岁到十八岁的岁月中间，你听老师的话、听父母的话，现在你真正开始了自己的独立生活。我们必须为自己创造一些让自己感动的日子，你才能够感动别人。我们这儿有富裕家庭来的，也有贫困家庭来的，我们生命的起点由不得你选择出生在富裕家庭还是贫困家庭，如果你生在贫困家庭，你不能说老爸给我收回去，我不想在这里待着。但是我们生命的终点是由我们自己选择的。我们所有在座的同学过去都走得很好，已经在十八岁的年龄走到了很多中国孩子的前面去，因为北大是中国的骄傲，也可以说是世界的骄傲。但是，到北大并不意味着你从此大功告成，并不意味着你未来的路也能走好，后面的五十年、六十年，甚至一百年你该怎么走，成为了每一个同学都要思考的问题。就本人而言，我觉得只要有两样东西在心中，我们就能成就自己的人生。

第一样叫做理想。我从小就有一种感觉，希望穿越地平线走向远方，我把它叫做"穿越地平线的渴望"。也正是因为这种强烈的渴望，使我有勇气不断地高考。当然，我生命中也有榜样。比如我有一个邻居，非常的有名，是我终生的榜样，他的名字叫徐霞客。当然，是五百年前的邻居。但是他确实是我的邻居，江苏江阴的，我也是江苏江阴的。因为崇拜徐霞客，直接导致我在高考的时候地理成绩考了九十七分。也是徐霞客给我带来了穿越地平线的这种感觉，所以我也下定决心，如果徐霞客走遍了中国，我就要走遍世界。而我现在正在实现自己这一梦想。所以，只要你心中有理想，有志向，同学们，你终将走向成功。你所要做到的就是在这个过程要有艰苦奋斗、忍受挫折和失败的能力，要不断地把自己的心胸扩大，才能够把事情做得更好。

第二样东西叫良心。什么叫良心呢？就是要做好事，要做对得起自己对得起别人的事情，要有和别人分享的姿态，要有愿意为别人服务的精神。有良心的人会从你具体的生活中间做的事情体现出来，而且你所做的事情一定对你未来的生命产生影响。我来讲两个小故事，讲完我就结束我的讲话，已经占用了很长的时间。

第一个小故事。有一个企业家和我讲起他大学时候的一个故事，他们班有一个同学，家庭比较富有，每个礼拜都会带六个苹果到学校来。宿舍里的同学以为是一人一个，结果他是自己一天吃一个。尽管苹果是他的，不给你也不能抢，但是从此同学留下一个印象，就是这个孩子太自私。后来这个企业家做成功了事情，而那个吃苹果的同学还没有取得成功，就希望加入到这个企业家的队伍里来。但后来大家一商量，说不能让他加盟，原因很简单，因为在大学的时候他从来没有体现过分享精神。所以，对同学们来说，在大学时代的第一个要点，你得跟同学们分享你所拥有的东西，感情、思想、财富，哪怕是一个苹果也可以分成六瓣大家一起吃。因为你要知道，这样做你将来能得到更多，你的付出永远不会是白白付出的。

我再来讲一下我自己的故事。在北大当学生的时候，我一直比较具备为同学服务的精神。我这个人成绩一直不怎么样，但我从小就热爱劳动，我希望通过勤奋的劳动来引起老师和同学的注意，所以我从小学一年级就一直打扫教室卫生。到了北大以后我养成了一个良好的习惯，每天为宿舍打扫卫生，这一打扫就打扫了四年。所以我们宿舍从来没排过卫生值日表。另外，我每天都拎着宿舍的水壶去给同学打水，把它当作一种体育锻炼。大家看我打水习惯了，最后还产生这样一种情况，有的时候我忘了打水，同学就说"俞敏洪怎么还不去打水"。但是我并不觉得打水是一件多么吃亏的事情。因为大家都是同学，互相帮助是理所当然的。同学们一定认为我这件事情白做了。又过了十年，到了九五年年底的时候，新东方做到了一定规模，我希望找合作者，结果就跑到了美国和加拿大去寻找我的那些同学，他们在大学的时候都是我生命的榜样，包括刚才讲到的王强老师等。我为了诱惑他们回来还带了一大把美元，每天在美国非常大方地花钱，想让他们知道在中国也能赚钱。我想大概这样就能让他们回来。后来他们回来了，但是给了我一个十分意外的理由。他们说："俞敏洪，我们回去是冲着你过去为我们打了四年水。"他们说："我们知道，你有这样的一种精神，所以你有饭吃肯定不会给我们粥喝，所以让我们一起回中国，共同干新东方吧。"才有了新东方的今天。

人的一生是奋斗的一生，但是有的人一生过得很伟大，有的人一生过得很琐碎。如果我们有一个伟大的理想，有一颗善良的心，我们一定能把很多琐碎的日子堆砌起来，变成一个伟大的生命。但是如果你每天庸庸碌碌，没有理想，从此停止进步，那未来你一辈子的日子堆积起来将永远是一堆琐碎。所以，我希望所有的同学能把自己每天平凡的日子堆砌成伟大的人生。

心香一瓣

"泰山不辞土壤，故能成其高；江海不择细流，故能就其深。"我们往往只盯着成功者头顶耀眼的光环，却很少去品味他们用点滴汗水淬炼成功的过程。

伟大的人生，是由平凡的日子堆砌而成的。生活不能没有目标，人生不能甘于现状。每天进步一点点，日积月累，必成大器。

是雄鹰，就要展翅冲云霄；是蜗牛，也要一步步努力往上爬。只有一条路不能拒绝，就是成长的路；只有一种人生不能放弃，就是进步的人生。

「作者简介」

俞敏洪（1962— ），江苏江阴人。1985年任北京大学外语系教师，1993年创办北京新东方学校，2003年成立新东方教育科技集团。现任新东方教育科技集团董事长兼总裁等，被尊称为"留学教父"。

我的治学经历与体会
——在华中理工大学的讲演（节选）

杨振宁

> 做了很多的小题目以后有一个好处，因为从各种不同的题目里头可以吸取不同的经验，那么，有一天他把这些经验积在一起，常常可以解决一些本来不能解决的问题。

半个多世纪以前，我曾经过武汉，再经广州、香港海防绕道到昆明，那个时候我15岁，念高中二年级。当时是满目疮痍，因为日本人已经打过南京，所以沿江有很多逃难的老百姓，还有许多溃不成军的国民党人，所以当时武汉街面上非常之混乱。

1938年2月，我们家到了昆明，我在当年秋天进了西南联大，在西南联大念了四年本科、两年硕士。这六年时间，在我一生的学习历程中具有决定性的影响。我曾多次回想过这段时间，我觉得我得到了西南联大师生努力的精神和认真的精神的好处。

1945年我到美国芝加哥大学念博士学位。当时芝加哥大学的物理系是全世界最有名的,我之所以选芝加哥大学最主要的是因为费米教授在那里执教。费米教授是20世纪一位大物理学家,也是历史上最后一位又会动手,又会做理论研究的大物理学家,他在这两方面都有第一流的贡献。1942年他在芝加哥大学主持建造了世界上第一个核反应堆。人类利用自然界的能源最早是火,后来也用水。1942年费米所领导的核反应堆,可以说是人类历史上的一个重要的里程碑。芝加哥大学当时是人才济济。费米教授1954年得癌症去世了,他死时才53岁。另外有位非常重要的物理学家,当时只有三十几岁,叫做泰勒。泰勒现在还健在,已经80多岁了。我在芝加哥大学做学问的时候,泰勒已经是位很有名的物理学家,后来更有名了,人们称他为"氢弹之父"。在芝加哥大学的两年给了我另外一个非常好的训练。

我常常回想我在芝加哥大学的训练和我在昆明西南联大的训练。在我一生的研究过程中,这两个训练最具有决定性的影响,而且是不同的影响。

在西南联大的学习,给我的物理学打下了了非常扎实的根基,我把这种学习方法取名叫演绎法。什么叫演绎法呢?就是从大的原则开始,从已经了解的、最抽象的、最高深的原则开始,然后一步一步推演下来。因为有这个原则,所以会推演出结果。比如说热力学第一定律、热力学第二定律。这个推演的方法,如果你学得好的话,可以学习前人已经得到的一些经验,一步一步把最后跟实验有关系的结果推演出来,这样可以少走弯路。

到芝加哥大学以后很快就发现,芝加哥大学物理系的研究方法跟昆明的完全不一样。费米和泰勒他们的注意点不是最高的原则，这并不是说他们不懂最高原则。这些是已经过去的成就，他们不会忘记，可是这些不是他们眼中注意的东西。他们眼光中随时注意的东西常常是当时一些新的现象，而他们的研究方法是先抓住这些现象，然后从这些现象中抽出其中的精神，可以用过去的基本的最深的原则来验证。我把这取名叫做归纳法。

1949年夏天，我从芝加哥大学去了普林斯顿高等研究所。这是世界有名的研究学府，里面没有研究生，教授也非常之少，大概一共二十几人，其中研究物理的四五个人，研究数学的七八个人，剩下还有几个研究历史的，研究考古学的。普林斯顿高等研究所跟普林斯顿大学没有关系，这两个机构都在同一个小镇上，是两个完全独立的机构。普林斯顿高等研究所最有名的人当然是爱因斯坦（爱因斯坦是最伟大的物理学家之一，另外一位是牛顿）。我在普林斯顿的时候，爱因斯坦已经退休了，不过他每天还到他的办公室去。当时物理方面有三四个博士后，我是其中之一。我们都不太愿意去打扰这位我们都非常尊重的老物理学家，不过他有时候作的演讲我们都去听，那时候我已经结婚了，有一个孩子。在孩子4岁时，有一天我带他走到一条路上。我知道爱因斯坦每天都走这条路到他的办公室去，我把他截住了。我问："爱因斯坦教授，你可不可以和我的孩子合个影？"他说："当然可以。"所以，我就照了一张像，这张像一直保存在我们家庭的相本里。

我在普林斯顿高等研究所前后呆了17年，这17年是我一生中研究工作做得最成功的17年，普林斯顿高等研究所有很多非常活跃的、从世界各地来的、工作最好的年轻人。我们有激烈的讨论、激烈的辩论，也有激烈的竞争。

到1965年，我的一位朋友叫做托尔，比我年轻两岁，他也是念理论物理的，他曾是马利安大学物理系的系主任，他把马利安大学的教师阵容从20余人发展到100多，他的行政能力是很强的。1965年，纽约州的长岛成立了一所新的大学，叫做纽约州立大学石溪分校，所以就请他做了非常年轻的校长。他对我说，希望我也到石溪去，可以帮助他一起创建一所新的以研究工作为主的大学。这对我，不是轻易能作决定的，因为刚才我讲过在普林斯顿高等研究所的17年，是我研究工作做得很出色的年代；而且在普林斯顿可以说是在世外桃源，没有这样那样的委员会，也不需要教课，可以每天用百分之百的时间做研究。不过考虑了一段时间以后，我答应去那里。为什么呢？因为那时我40岁出头，我了解到，人生不只是研究工作，可以把普林斯顿比做一个象牙塔，可是在世界上不只是在象牙塔里，在象牙塔之外还有很多重要的事情，包括教育年轻人。我把这点想清楚以后，就同意到石溪去了。

到现在我在石溪也有29年了。在这29年间，我所主持的一个物理研究所有许多的博士生毕业，他们都是我的学生，还有一些在研究方面有一些成就的同事，也是我的学生。另外我们有很多的博士后，这些博士和博士后都纷纷到世界各国去了。美国有一个很好的体制，就是一个学校的毕业生，学校不一定留他做教师（在国内我觉得没有努力向这个方向去做）。博士后做得很好的毕业生，我们通常也不留他。我们的博士和博士后分散在世界的各个地方，他们都建立了他们的新的影响以及收了他们自己的学生。这个办法有很大的好处。

因为每个研究所都有它的气氛，有它的注意方向，也可以说有它的价值观，学生分散到各个地方去，可以增加彼此观摩、彼此学习的机会。

常常有同学问我，说我们将要得到博士学位，或者我们正在做头两年的博士后，我们应该做什么样的题目，是大题目呢还是小题目？这个问题很重要，而且我在做研究生的时候，也问过费米。费米的回答很清楚，他说，他觉得大题目、小题目都可以想，可以做，不过多半的时候应该做小题目。如果一个人专门做大题目的话，成功的可能性可能很小，而得精神病的可能很大。做了很多的小题目以后有一个好处，因为从各种不同的题目里头可以吸取不同的经验，那么，有一天他把这些经验积在一起，常常可以解决一些本来不能解决的问题。这一点，我自己就有很深的感受。

刚才贵校杨校长语重心长地跟大家讲了一些话，希望大家在目前不是百分之百完美的设备和生活条件之下，能够为中华民族的前途努力，做出贡献。在座的几乎有一万同学，我回想我在西南联大念书时全校只有1000名同学，而西南联大一共只办了8年，事实上大概先后只毕业了5000名学生，在这5000名学生里面，后来有大成就的学生非常之多。我借此机会希望大家努力学习，努力工作，能够达到父母对你们的期望、国家对你们的期望和学校对你们的期望。

心香一瓣

聚沙成塔，集腋成裘。高深的学问，都是从解决好点点滴滴的小问题开始的。

百川终会归海。事物之间都是相互联系的，是共性与差异性的交织。善于归纳、总结，循序渐进，日积月累，自会有心得体会和新的发现。

"博学之，审问之，慎思之，明辨之，笃行之。"学问之道，始于"心"字。用心思考，用心发现，就能攀登上某一学科领域的高峰。

「作者简介」

杨振宁（1922— ），安徽合肥人。著名美籍华裔物理学家、诺贝尔物理学奖获得者。1957年与李政道共同获得诺贝尔物理学奖。1954年提出规范场理论，于70年代发展成为统合与了解基本粒子强、弱、电磁等三种相互作用力的基础。他还在统计物理、凝聚态物理、量子场论、数学物理等领域做出多项卓越的贡献。

小说写作的指路明灯

[英]戈文·史密斯

> 司各脱和莎士比亚一样,不管他的小说的线索把他引向何处,他永远在他和我们面前树立他所熟知的典范,那就是一个高尚正派的人的典范。

罗斯金点燃了建筑学的七盏明灯,引导建筑家在高尚的艺术实践中一步步向前。看来,现在是为小说家点燃明灯以指引道路的时候了。请想一想,现在的小说家有多大的影响力,而其中有些人是怎样利用这种影响力的!想想有多少人除了小说以外,什么都不看;再仔细看看他们读的小说内容!我曾看见一个年轻人的全部藏书是三、四十本平装书,都是些精神毒品。有一天,我在英国浏览过三个车站书亭,其中几乎没有一个书亭里的书是知名作者的小说。那是一堆堆无名作家粗制滥造的糟粕,封面是低下、花花绿绿的木刻画。画面上的内容无疑在书里应有尽有。每天用这种精神食粮填塞、喂养出来的民族心灵，会变成什么样子？我们今天在此集会纪念的这位天才，我以为他所发出的火焰比任何人都更纯净、更明亮，更适合用于点燃那照亮小说写作道路的明灯。司各脱不喜欢道德说教。赞美上天，他没有那样做。他没有把道德目标摆在自己前面，也没有规定道德条规。但他那勇敢、纯洁、真诚的心就是心灵自身的准绳。我们研究他做的事，就可以为所有愿意听从他召唤的人找出一条应该遵循的法则。如果说罗斯金曾经给建筑点起了七盏明灯，那么，司各脱也会为小说点起七盏明灯。

　　第一是现实之灯。小说家必须忠实地研究人类的本性，以此作为他写作的基础……因为有些作家，包括有些巡回图书馆最熟悉的作家，虽然在他们的作品里写了那些东西，但他们都可以白天整天躺在床上，晚上起来用绿茶刺激写作。他们大概把这称为创造艺术吧。是的，创造得过了头了。司各脱可不是这样做的，他所勾画的人类本性，都是他从各个柔和而简朴的侧面亲眼看到的。他观察平民、牧羊人、苏格兰高地人和低地人、边境居民、岛上居民，从他们中看到人类的天性。他和人类的天性有密切接触。与人相处时，他带来欢乐，赢得人心，好像身上有灵符法宝，使人类的天性向他开放。他用明亮的眼光和包容一切的心胸对人类的天性进行透彻的探究。如果写的背景是过去的时代，他就实实在在地钻研历史……

　　第二是理想之灯。小说家的素材必须真实，必须通过他对人类亲身的体察收集得来。然而这些素材又必须经过想象的冶炼，变得理想化……自然，这种理想化的能力是一种伟大的天赋。荷马、莎士比亚、华特·司各脱正是由于有了这种天赋才异于常人……司各脱的小说人物从没有夸张到怪诞或滑稽程度。他的人物充满了自然。但这是普通天性的自然。因此,这些人物在普天下人们的心中占有自己的地位,并能永远保持这个地位。请注意,甚至是历史小说,司各脱依然用理想化的写法……

第三是公正之灯,小说家必须以无偏私无成见的眼光看待人类。他必须和历史学家一样怀有最深厚的同情心,不受宗派情绪的影响。不论任何地方,他必须在邪恶中看到善良,在善良中看到邪恶。如果他没有一颗公正的心,他就做不到这一点。司各脱公正的心在其历史小说里受到严峻的考验,但也表现得最明显,尽管这在他的所有作品里都明显地表现出来……

第四是忘我之灯。强调个人比偏私还要低级……然而小说家却往往把个人的虚荣心、好恶和狂热放到小说里去,贬低了小说的价值……司各脱不仅不强调个人,而且我们也很难想象他会这样。我们无法想象他会沉湎于自我中心或非非之想或党派之争,以致贬低他的艺术。我们更不能想象以他高尚豪爽的品格,会将艺术当作暗箭,伤害别人。

第五是纯洁之灯。不洁的小说已经给世界带来不幸,还将带来更大的不幸。司各脱的纯洁,不是修道院式与世隔绝的天真无邪和未经世事的纯洁,而是一个堂堂男子的纯洁;他见过世面,与世人相处,认得清善与恶。然而作为一个真正的正派人,他憎恶淫猥,也教导我们憎恶淫猥。

第六是人性之灯。司各脱绝不描写流血和淫秽的东西。他不会让这些东西玷污他那高洁的篇幅……司各脱知道,除了为表现人类的英雄主义,或展开一个人物性格,或唤醒某种高尚而无害的感情之外,一个小说家无权将恐怖的场面展示给读者。窘于没有天资和写作技巧知识的小说家，才不得不用恐怖情节来蹂躏人性……

第七是高尚之灯。关于这一点，说得简要一些。让小说的作者向我们描写有关人类的一切吧。给我们写人类的喜剧，也给我们写人类的悲剧，给我们写人类崇高的一面，也给我们写人类荒唐可笑的一面。但是，请他们一定不要降低人物的情操，也不要降低生命的目标……司各脱和莎士比亚一样，不管他的小说的线索把他引向何处，他永远在他和我们面前树立他所熟知的典范，那就是一个高尚正派的人的典范。假如有人说这样对小说的限制太窄，我就要回答说，在这限制的范围里，有足够广阔之地容纳世人所曾欣赏的最崇高的悲剧、最深沉的哀伤、最开怀的幽默、最多样的各种人物和最动人的情节……

小说是通过叙述故事、塑造人物、描写环境等来反映社会生活的一种文学体裁。

那么,什么样的小说才称得上是一部优秀的小说呢?史密斯在这篇演讲中借助对司各脱作品的评价,指出了小说写作应具备的七个品质:现实、理想、公正、忘我、纯洁、人性、高尚。

诚然,小说创作的方法总是不拘一格,但这些品质却是它们产生良好社会效益的必备条件。文学是人类不灭的精神明灯,小说更应该发出其光和热,照亮社会前行的道路。

「作者简介」

戈文·史密斯(1823—1910),英国教育家、历史学家,毕业于牛津马格达伦学院,他曾是高校改革的倡导者之一。本文发表于1871年司各脱诞生一百周年纪念会上。

哲学开讲辞

[德] 黑格尔

> 追求真理的勇气和对于精神力量的信仰是研究哲学的第一个条件。人既然是精神，则他必须而且应该自视为配得上最高尚的东西，切不可低估或小视他本身精神的伟大和力量。

诸位先生：

我所讲授的对象是哲学史。而今天我又是初次来到本大学，所以请诸位让我首先说几句话，就是我特别感到愉快，恰好在这个时机我能够在大学里面重新恢复我讲授哲学的生涯。因为这样的时候似乎业已到来，即可以期望哲学重新受到注意和爱好，这门几乎消沉的科学可以重新扬起它的呼声，并且可以希望这个对哲学久已不闻不问的世界又将倾听它的声响。时代的艰苦使人对于日常生活中平凡的琐屑兴趣予以大大的重视，现实上很高的利益和为了这些利益而作的斗争，曾经大大地占据了精神上一切的能力和力量以及外在的手段，因而使得人们没有自由的心情去理会那较高的内心生

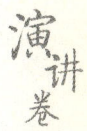

活和较纯洁的精神活动，以致许多较优秀的人才都为这种艰苦环境所束缚，并且部分地被牺牲在里面。因为世界精神太忙碌于现实，所以它不能转向内心，回复到自身。现在现实的这股潮流既然已经打破，日尔曼民族既然已经从最恶劣的情况下开辟出道路，且把它自己的民族性———切有生命的生活的本源——拯救过来了，所以我们可以希望，除了那吞并一切兴趣的国家之外，教会也要上升起来，除了那为一切思想和努力所集中的现实世界之外，天国也要重新被思维到，换句话说，除了政治的和其他与日常现实相联系的兴趣之外，科学、自由合理的精神世界也要重新兴盛起来。

我们将在哲学史里看到，在其他欧洲国家内，科学和理智的教养都有人以热烈和敬重的态度在从事钻研，惟有哲学，除了空名字外，却衰落了，甚至到了没有人记起、没有人想到的情况，只有在日尔曼民族里，哲学才被当作特殊的财产保持着。我们曾接受自然的较高的号召去作这个神圣火炬的保持者，如同雅典的优摩尔披德族是爱留西的神秘信仰的保持者，又如萨摩特拉克岛上的居民是一种较高的崇拜仪式的保存者与维持者，又如更早一些，世界精神把它自己最高的意识保留给犹太民族，促使它自己作为一个新精神从犹太民族里产生出来。（我们现在一般地已经达到这样一种较大的热忱和较高的需要，即对于我们只有理念以及经过我们的理性证明了的事物才有效准。——确切点说，普鲁士国家就是这种建筑在理智上的国家。）但是像前面所提到的时代的艰苦和对于重大的世界事变的兴趣也曾经阻遏了我们深彻地和热诚地去从事哲学工作，分散了我们对于哲学的普遍注意。这样以来坚强的人才都转向实践方面，而浅薄空疏就支配了哲学，并在哲学里盛行一时。我们很可以说，德国自有哲学以来，哲学这门科学的情况看起来从来没有像现在这样坏过。空洞的词句、虚骄的气焰从来没有这样飘浮在表面上，而且以那样自高自大的态度在这门科学里说出来做出来，就好像掌握了一切的统治权一样。为了反对这种浅薄思想而工作，以日尔曼人的严肃性和诚实性来工作，把哲学从它所陷入的孤寂境地中拯救出来——去从事这样的工作，我们可以认为是接受我们时代的较深精神的号召。让我们共同来欢迎这一个更美丽的时代的黎明。在这时代里，那前此向外驰逐的精神将回复到它自身，得到自觉，为它自己固有的王国赢得空间和基地，在那里人的性灵将超脱日常的兴趣，而虚心接受那真的、永恒的和神圣的事物，并以虚心接受的态度去观察并把握那最高的东西。

我们老一辈的人是从时代的暴风雨中长成的，我们应该赞羡诸君的幸福，因为你们的青春正是落在这样一些日子里，你们可以不受扰乱地专心从事于真理和科学的探讨。我曾经把我的一生贡献给科学，现在我感到愉快，因为我得到这样一个地方，可以在较高的水准，在较广的范围内，与大家一起工作，使较高的科学兴趣能够活跃起来，并帮助引导大家走进这个领域。我希望我能够值得并赢得诸君的信赖。但我首先要求诸君只须信赖科学，信赖自己。追求真理的勇气和对于精神力量的信仰是研究哲学的第一个条件。人既然是精神，则他必须而且应该自视为配得上最高尚的东西，切不可低估或小视他本身精神的伟大和力量。人有了这样的信心，没有什么东西会坚硬顽固到不对他展开。那最初隐蔽蕴藏着的宇宙本质，并没有力量可以抵抗求知的勇气；它必然会向勇毅的求知者揭开它的秘密，而将它的财富和宝藏公开给他，让他享受。

心香一瓣

黑格尔被马克思誉为最博学的辩证法大师，他的辩证法思想是马克思主义哲学的理论渊源之一。

哲学是神秘、枯燥、玄奥的吗？黑格尔在演讲中梳理了哲学的发展历史与研究现状，指出了哲学是对真理和科学的探讨，应该以严肃、诚实、虚心的态度对待它，并呼吁人们坚定对哲学的信念。

其实，哲学并非一门高不可攀的科学，也并非哲学家才能够谈论的事物。追求真理、探讨价值、指导实践，是科学的哲学应该履行的使命。

「作者简介」

黑格尔（1770—1831），德国哲学家，德国古典唯心主义哲学的完成者。著有《逻辑学》、《哲学全书》等。本文是1816年10月28日在海得堡大学教授哲学史的开讲辞。

临死前的演说（节选）

[古希腊]苏格拉底

> 我宁可选择死亡，也不愿因辩护生存。因为不管是我还是任何其他的人，在审判或打仗时，利用各种可能的方法来逃避死亡，都是不对的。

亲爱的雅典同胞们：

所剩的时间不多了，你们就要指责那些使雅典城蒙上污名的人，因为他们把那位智者苏格拉底处死；而那些使你们也蒙上污名的人，坚称我是位智者，其实并不是。如果你们再等一段时间，自然也会看到终结一生的事情，因为我的年纪也不小了，接近死亡的日子实在也不远了。但是我并不是要对你们说话，而是要对那些欲置我于死地的人说话。同胞们：或许你们会以为我被定罪是因为我喜欢争辩，其实如果说我好辩的话，那么只要我认为对的话或许还可以借此说服你们，并替自己辩护，尚可免处死刑，但是我不认为，为了避免危险起见，就应该做不值得一个自由人去做的事，也

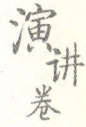

不懊恼我用现在这样的方式替自己辩护。我宁可选择死亡，也不愿因辩护生存。因为不管是我还是任何其他的人，在审判或打仗时，利用各种可能的方法来逃避死亡，都是不对的。在战时，一个人如想逃避死亡，他可以放下武器，屈服在敌人的怜悯之下，其他尚有许多逃避死亡之策，假如他敢做、敢说的话。但是，雅典的同胞啊！逃避死亡并不难，要避免堕落才是难的，因为跑得比死要快。我，因为上了年纪，动作较慢，所以就被死亡赶上了；而控告我的人，他们都年轻力壮，富有活力，却被跑得较快的邪恶、腐败追上了。现在，我因被他们判处死刑而要离开这个世界；但他们却背叛了真理，犯了邪恶不公之罪。既然我接受处置，他们也应该接受判刑，这是理所当然之事。

下一步，我要向你们预言到底是谁判我的罪，及你们未来的命运如何；因为人在将死之际，通常就成了先知，此时我正处于这种情况。同胞们！我告诉你们是谁置我于死地吧！而在我死后不久，天神宙斯将处罚你们，比你们加害在我身上的更加残酷，虽然你们认为对自己的所作所为不需要负责，但我敢保证事实正相反。控告你们的人会更多，而我此时在限制他们，虽然你们也将更愤怒。如果你们认为把别人处死，就可以避免人们谴责你们，那你们就大错特错了。这种逃避的方式既不可能也不光荣，而另有一种较光荣且较简单的方法，即是不去抑制别人，而注意自己，使自己趋向最完善。对那些判我死刑的人，我预言了这么多，我就此告辞了。

但对于那些赞成我无罪的人，我愿意趁此时法官正忙着，我还没有赴刑场之际，跟你们谈谈到底发生了什么事。在我死前陪着我吧！同胞们！我们就要互道再见了！此时没有任何事情能阻碍我们之间的交谈，我们被允许谈话，我要把你们当成朋友，让你们晓得刚刚发生在我身上的事是怎么一回事。公正的判官们！一件奇怪的事发生在我身上，因为在平常，只要我将做错事，即使是最微小的琐事，我的守护神就会发出他先知的声音来阻止我；但是此时，任何人都看到了发生在我身上之事，每个人都会认为这是极端罪恶的事，但在我早上离家出门时，在我来此赴审判时，在我要对你们做演讲时，我都没有听到神的警告，而在其他场合，他都常常在我说话说到一半时就阻止我再说下去，现在，不管我做了什么，或说了什么，他都不反对我。那么，这是什么原因呢？我告诉你们：发生在我身上的事，对我来讲反而是一种祝福；我们都把死视为是一种罪恶，那是不正确的，因为神的信号并没有对我发出这样的警告。

心香一瓣

真理有时总是掌握在少数人手中。尽管被以"渎神违教"之名处死，但苏格拉底临死前的演说，却充满着对真理的侃侃而谈。他的从容不迫、临危不惧的风度，令后人无不为之动容。

究竟谁的手里掌握着真理的武器？历史的判官不会每时每刻都是清明的，真理很多时候需要经历时间浪沙的淘洗。

真的勇士，敢于直面惨淡的人生，敢于正视淋漓的鲜血。在缺乏民主的社会里，正义之士总是不可避免地为捍卫真理付出沉重的代价。惟愿社会的进步能够逐渐减小这一代价。

「作者简介」

苏格拉底（公元前469—公元前399），古希腊著名的哲学家、西方哲学的奠基者。他和他的学生柏拉图及柏拉图的学生亚里士多德被并称为"古希腊三贤"。

巴尔扎克葬词

[法]维克多·雨果

> 上天在让人民面对崇高的奥秘，并对死亡加以思考的时候，知道自己做的是什么；死亡是伟大的平等，也是伟大的自由。

现在被葬入坟墓的这个人，举国哀悼他。对我们来说，一切虚构都消失了。从今以后，众目仰望的将不是统治者，而是思想家。一位思想家不存在了，举国为之震惊。今天，人民哀悼一位天才之死，国家哀悼一位天才之死。

诸位先生，巴尔扎克这个名字将长留于我们这一时代，也将流传于后世的光辉业绩之中。巴尔扎克先生属于19世纪拿破仑之后的、强有力的作家之列。正如17世纪，一群显赫的作家涌现在黎塞留之后一样——就像文明发展中，出现了一种规律，促使武力统治者之后，出现精神统治者一样。

在最伟大的人物中间，巴尔扎克是名列前茅者；在最优秀的人

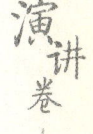

物中间，巴尔扎克是佼佼者之一。他才华卓越，至善至美，但他的成就不是眼下说得尽的。他的所有作品仅仅形成了一部书，一部有生命的、光亮的、深刻的书。我们在这里看见，我们的整个现代文明的走向，带着我们说不清楚的、同现实打成一片的惊惶与恐怖。一部了不起的书，他题作"喜剧"，其实就是题作"历史"也没有什么，这里有一切的形式和一切的风格，超过塔西陀，上溯到苏埃通，越过博马舍，直达拉伯雷；一部既是观察又是想象的书，这里有大量的真实、亲切、家常、琐碎、粗鄙。但是，有时通过突然撕破表面、充分揭示形形色色的现实，让人马上看到最阴沉和最悲壮的理想。

　　愿意也罢，不愿意也罢，同意也罢，不同意也罢，这部庞大而又奇特的作品的作者，不自觉地加入了革命作家的强大行列。巴尔扎克笔直地奔向目标，抓住了现代社会进行肉搏。他从各方面揪过来一些东西，有虚像，有希望，有呼喊，有假面具。他发掘内心，解剖激情。他探索人、灵魂、心、脏腑、头脑和各个人的深渊。巴尔扎克由于他自由的天赋和强壮的本性，由于他具有我们时代的聪明才智，身经革命，更看出了什么是人类的末日，也更了解什么是无意。于是面带微笑，泰然自若，进行了令人生畏的研究，但仍然游刃有余。他的这种研究不像莫里哀那样陷入忧郁，也不像卢梭那样愤世嫉俗。

　　这就是他在我们中间的工作。这就是他给我们留下来的作品，崇高而又扎实的作品，金刚岩层堆积起来的雄伟的纪念碑！从今以后，他的声名在作品的顶尖熠熠发光。伟人们为自己建造了底座，为了负起安放雕像的责任。

他的去世惊呆了巴黎。他回到法兰西有几个月了。他觉得自己不久于人世，希望再看一眼他的祖国，就像一个人出门远行之前，再来拥抱一下自己的母亲一样。

他的一生是短促的，然而也是饱满的，作品比岁月还多。

唉！这位惊人的、不知疲倦的作家，这位哲学家，这位思想家，这位诗人，这位天才，在同我们一起旅居在这世上的期间，经历了充满风暴和斗争的生活，这是一切伟大人物的共同命运。今天，他安息了，他走出了冲突与仇恨。在他进入坟墓的这一天，他同时也步入了荣誉的宫殿。从今以后，他将和祖国的星星一起，熠熠闪耀于我们上空的云层之上。

站在这里的诸位先生，你们心里不羡慕他吗？

各位先生，面对着这样一种损失，不管我们怎样悲痛，就忍受一下这样的重大打击吧。打击再伤心，再严重，也先接受下来再说吧。在我们这样一个时代里，一个伟人的逝世，不时地使那些疑虑重重、受怀疑论折磨的人，对宗教产生动摇。这也许是一桩好事，这也许是必要的。上天在让人民面对崇高的奥秘，并对死亡加以思考的时候，知道自己做的是什么；死亡是伟大的平等，也是伟大的自由。

上天知道自己做的是什么，因为这是最高的教训。当一个崇高的英灵，庄严地走进另一世界的时候；当一个人张开他的有目共睹的、天才的翅膀，久久飞翔在群众的上空，忽而展开另外的、看不见的翅膀，消失在未知之乡的时候。我们的心中，只能充满严肃和诚挚。

不，那不是未知之乡！我在另一个沉痛的场合已经说过，现在我也永不厌烦地还要再说——这不是黑夜,而是光明!这不是结束,而是开始!这不是虚无,而是永恒!我说的难道不是真话吗,听我说话的诸位先生?这样的坟墓,就是不朽的明证!面对某些鼎鼎大名的、与世长辞的人物,人们更清晰地感到这个睿智的人的神圣使命,他经历人世是为了受苦和净化,大家称他为大丈夫。生前凡是天才的人,死后就不可能不化作灵魂!

1850年8月18日,巴尔扎克因为劳累过度离开了人世。本文是与他同一个国家、同一个时代的大文豪雨果在他葬礼上发表的演讲。

文章颂扬了巴尔扎克对历史、对文化、对时代做出的巨大贡献。赞扬和缅怀之情远胜于悲痛与哀悼之情。

作为世界文学巨匠,巴尔扎克的去世,无疑是一个巨大的损失,但他留给世界的精神财富却永垂不朽!

"作品比岁月还多",有几个人能比过他的勤奋?天才也好,伟人也罢,巴尔扎克用他短促而饱满的生命历程,向人们诠释了应当怎样去书写"人生"二字。

「作者简介」

维克多·雨果(1802—1885),法国浪漫主义作家,人道主义的代表人物,19世纪前期积极浪漫主义文学运动的代表作家,法国文学史上卓越的资产阶级民主作家,被人们称为"法兰西的莎士比亚"。代表作有长篇小说《巴黎圣母院》、《悲惨世界》、《海上劳工》、《九三年》,诗集《光与影》,短篇小说《"诺曼底"号遇难记》等。

在莫泊桑葬礼上的演说

[法]爱弥尔·左拉

短篇小说、中篇小说，源源而出，无限地丰富多彩，无不精湛绝妙，令人叹为观止；每一篇都是一出小小的喜剧，一出小小的完整的戏剧，打开一扇令人顿觉醒豁的生活的窗口。读他的作品的时候，可以是笑或是哭，但永远是发人深思的。

请允许我以法兰西文学的名义讲话，作为战友、兄长、朋友，而不是作为同行向吉·德·莫泊桑致以最崇高的敬意。

我是在居斯塔夫·福楼拜家中认识莫泊桑的，他那时已在18岁到20岁之间。此刻他又重现在我的眼前，血气方刚，眼睛明亮而含笑，沉默不语，在老师面前像儿子对待父亲一样谦恭。他往往整整一个下午洗耳恭听我们的谈话，老半天才斗胆插上片言只语；但这个表情开朗、坦率的棒小伙子焕发出欢快的朝气，我们大家都喜欢他，因为他给我们带来健康的气息。他喜欢剧烈运动，那时流传着关于他如何强悍的种种佳话。我们却不曾想到他有朝一日会有才气。

《羊脂球》这杰作，这满含柔情、讥嘲和勇气的完美无缺的作品，爆响了。他开始就拿出一部具有决定意义的作品，使自己跻身于大师的行列。我们为此感到莫大的愉快；因为他成了我们所有看着他长大而未料想到他的天才的人的兄弟。而从这一天起，他就不断地有作品问世，他高产、稳产，显示出炉火纯青的功力，令我惊叹。短篇小说、中篇小说，源源而出，无限地丰富多彩，无不精湛绝妙，令人叹为观止；每一篇都是一出小小的喜剧，一出小小的完整的戏剧，打开一扇令人顿觉醒豁的生活的窗口。读他的作品的时候，可以是笑或是哭，但永远是发人深思的。

啊！明晰，多么清澈的美的泉源，我愿看到每一代人都在这清泉中开怀畅饮！我爱莫泊桑，因为他真正具有我们拉丁的血统，他属于正派的文学伟人的家族。诚然，绝不应该限制艺术的天地：应该承认复杂派、玄妙派和晦涩派存在的权利，但在我看来，这一切不过是堕落，如果你愿意的话，也可以说是一时的离经叛道，总还是必须回到纯朴派和明晰派中来的，正如人们终归还是吃那使他获得营养而永不会使他厌腻的日常必吃的面包。

莫泊桑在15年中发表了将近20卷作品，如果他活着，毫无疑问，他还可以把这个数字扩大3倍，他一个人的作品就可以摆满一个书架。可是让我说什么呢？面对我们时代卷帙浩繁的产品，我有时真有点忧虑不安。诚然，这些都是长期认真写作的成果……不过，对于荣誉来说这也是十分沉重的包袱，人们的记忆是不喜欢承受这样的重荷的。那些规模庞大的系列作品,能够留传后世的从来都不过是寥寥几页。谁敢说获得不朽的不更可能是一篇三百行的小说,是未来世纪的小学生们当做无懈可击的完美的典范、口口相传的寓言或者故事呢?

先生们,这就是莫泊桑光荣之所在,而且是更牢靠、最坚实的光荣。那么,既然他以昂贵的代价换来了香甜的安息,就让他收着对自己留下的作品永远富有征服人心的活力这一信念,香甜地安息吧。他的作品将永生,并将使他获得永生。

心香一瓣

莫泊桑是19世纪后半期法国优秀的批判现实主义作家，被誉为"短篇小说之王"，与契诃夫、欧·亨利并列世界三大短篇小说巨匠。

左拉在悼词中对莫泊桑的高产和稳产进行了积极评价，并强调了他未完成的遗愿，既是在缅怀死者，也是在激励生者。

生命的力量靠什么得以延续？靠的是一个人留给世界的精神财产，靠的是一个人的思想和信念！

「作者简介」

爱弥尔·左拉（1840—1902），法国作家，自然主义文学流派的领袖。1868年发表了小说《黛莱丝·拉甘》和《玛德莱纳·菲拉》，并于同年开始构思系列小说《鲁贡玛卡一家人的自然史和社会史》，从第一部《鲁贡家族的命运》到最后一部《帕斯卡医生》，左拉共花二十五年时间完成了二十部小说，其中最有名的有《小酒店》、《娜娜》、《萌芽》、《土地》和《金钱》等。

莎士比亚纪念日的讲话

[德]歌德

我读到他的第一页，就使我这一生都属于了他；当我首次读完他的一部作品时，我觉得好像原来是一个先天的盲人，这时的一瞬间（有）一只神奇的手赋予了我双目的视力。

我觉得我们最高尚的情操是：当命运看来已经把我们带向正常的消亡时，我们仍希望生存下去。先生们，对我们的心灵来说，这一生是太短促了，理由是：每一个人，无论是最低贱或最高尚，无论是最无能或最尊贵，只有在他厌烦了一切之后，才对人生产生厌倦；同时没有一个人能达到他自己的目的，尽管他渴望着这样做；因为他虽然在自己的旅途上一直很幸运，往往能眼看到自己所向往的目标，但终于还要掉入只有上帝才知道是谁替他挖好的坑穴，并且被看成一文钱不值。

一文钱不值啊！我！我就是我自己的一切，因为我只有通过我自己才了解一切！每个有所体会的人都这样喊着，他（高视）阔步走过这个人生，为（踏上）彼岸无尽头的道路作好准备。当然各人按照自己的尺度（来做）。这一个带着最结实的旅杖动身，而另一个却穿上了七里靴，并赶过前面的人。后者的两步就等于前者一天的进程。不管怎样，这位勤奋不倦的步行者仍是我们的朋友和伙伴，尽管我们对那一位的（高视）阔步表示惊讶与钦佩，尽管我们跟随着他的脚印并以我们的步伐去衡量着他的步伐。

先生们，请踏上这一征途！对这样的一个脚印的观察，比起呆视那国王入城时带来的千百个驾从的脚步更会激动我们的心灵，更会开阔（我们的胸怀）。

今天我们来纪念这位最伟大的旅行者，同时也为自己增添了荣誉。（因为）在我们身上也蕴藏着我们所公认的那些功绩的因素。

你们不要期望我写许多像样的（东西）！心灵的平静不适合作为节日的盛装，同时现在我对莎士比亚还想得很少；在我的热情被激动起来之后，我才能臆测出，并感受出最高尚的。我读到他的第一页，就使我这一生都属于了他；当我首次读完他的一部作品时，我觉得好像原来是一个先天的盲人，这时的一瞬间（有）一只神奇的手赋予了我双目的视力。我认识到，我很清楚地体会到我的生活是该无限地扩大了；一切对于我都是新鲜的，陌生的（东西），还未习惯的光明刺痛着我的眼睛。我慢慢学会看东西，这要感谢天资使我具有了识别能力！我现在还能清楚地体会到我所获得的是什么东西。

我没有踌躇过一刹那去放弃那遵循格律的戏剧。地点的一致对我犹同牢狱般地可怕，情节的统一和时间的一致是我们想象力的沉重桎梏。我跳进了自由的空气里,这才感到自己（生长了）手和脚。现在,当我认识到那些讲究规格的先生们从他们的巢穴里给我硬加上了多少障碍时,以及看到有多少自由的心灵还被围困在里面时,如果我再不向他们宣战,再不每天寻找机会以击碎他们的堡垒的话,那么我的心就会愤怒得碎裂。

法国人用作典范的希腊戏剧,按其内在的性质和外表的状况来说,就是这样的：让一个法国侯爵效仿那位亚尔西巴德却比高乃依追随索福克勒斯要容易得多。

开始是一段敬神的插曲,然后悲剧庄严隆重地以完美的单纯朴素（风格）,向人民大众展示出先辈们的各个惊魂动魄的故事情节,在各个心灵里激动起完整的、伟大的情操；因为悲剧本身就是完整的、伟大的。

在什么样的心灵里啊!

希腊的!我不能说明这意味着什么；但我感觉出这点,为简明起见,我在这里根据的是荷马、索福克勒斯及忒俄克里托斯；他们教会我去感觉。

同时,我还要连忙接着说：小小的法国人,你要拿希腊的盔甲来做什么?它对你来说是太大了,而且太重了。

因此所有的法国悲剧本身就变成了一些摹仿的滑稽诗篇。不过那些先生们已从经验里知道,这些悲剧如同鞋子一样,只是大同小异,它们中间也有一些乏味的东西,特别是经常都在第四幕里,同时他们也知道这些又是如何按照格律来进行的。这方面我就无需多花笔墨了。

我不知道是谁首先想出把这类政治历史大事题材搬上舞台的。

对这方面有兴趣的人，可以借此机会写一篇论文，加以评论。这发明权的荣誉是否属于莎士比亚，我表示怀疑；总而言之，他把这类题材提高到至今似乎还是最高的程度，眼睛向上看（的人）是很少的，因此也很难设想，会有一个人能比他看得更远，或者甚至能比他攀登得更高。

莎士比亚，我的朋友啊！如果你还活在我们当中的话，那我只会和你生活在一起；我是多么想扮演配角匹拉德斯，假如你是俄来斯特的话！而不愿在德尔福斯庙宇里做一个受人尊敬的司祭长。

先生们，我想停笔，明天再继续写下去；因为现在滋长在我内心里的这种心情，你们也许不容易体会到。

莎士比亚的戏剧是个美妙的万花镜，在这里面，世界的历史由一根无形的时间线索串连在一起，从我们眼前掠过。他的构思并不是通常所谈的构思；但他的作品都围绕着一个神妙的点（还没有一个哲学家看见过这个点并给予解释），在这里我们个人所独有的（本性），我们从愿望出发所想象的自由，同在整体中的必然进程发生冲突。可是我们败坏了的嗜好是这样迷糊住了我们的眼睛，我们几乎需要一种新的创作，来使我们从这暗影中走出来。

所有的法国人及受其传染的德国人，甚至于维兰也在这件事情上和其他一些更多的事情一样，做得不太体面。连向来以攻击一切崇高的权威为职业的伏尔泰在这里也证实了自己是个十足的台尔西特。如果我是尤利西斯的话，那他的背脊定要被我的王笏打得稀烂！

这些先生当中的大多数人对莎士比亚的人物性格表示特别反感！

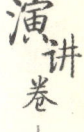

我却高呼：自然，自然！没有比莎士比亚的人物更自然的了！这样一来，于是乎他们一起来扭住我的脖子。

松开手，让我说话！

他与普罗米修斯竞争着，以对手作榜样，一点一滴地刻画着他的人物形象，所不同的是赋予了巨人般的伟大（性格）——正因为如此，我们才认不出他们是我们的兄弟——然后以他的智力吹醒了他们的生命。他的智力从各个人物身上表现出来，因此大家看出他们之间的亲属关系。

我们这一代凭什么敢于对自然加以评断？我们从什么地方来了解它？我们从幼年起在自己身上所感到的以及在别人身上所看到的，这一切都是被束缚住的和矫揉造作的东西。我常常站在莎士比亚面前而内心感到惭愧，因为有时发生这样的情形：在我看了一眼之后，我就想到：要是我的话，一定会把这些处理成另外一个样子！接着我便认识到自己是个可怜虫，从莎士比亚（的笔下）描绘出的是自然（的真实），而我所塑造的人物却都是肥皂泡，是由虚构狂所吹起的。

虽然我还没有开过头，可是我现在却要结束了。

那些伟大的哲学家们关于世界所讲的一切，也适用于莎士比亚：我们所称之为恶的东西，只是善的另外一个面，对善的存在是不可缺少的，与之构成一个整体，如同热带要炎热，拉伯兰要上冻，以致产生了一个温暖的地带一样。莎士比亚带着我们去周游世界；而我们这些娇生惯养、无所见识的人遇到每个没见过的飞蝗却都要惊叫起来：先生，它要吃我们呀！

先生们，行动起来吧！请你们替我从那所谓高尚嗜好的乐园里唤醒所有的纯洁心灵,在那里,他们饱受着无聊的愚昧,处于半睡半醒的状态,他们内心里虽充满激情,可是骨头里却缺少勇气,他们还未厌世到致死的地步,但是又懒到无所作为,所以他们就躺在桃金娘和月桂树丛中,过着他们的萎靡生活,虚度光阴。

心香一瓣

莎士比亚是英国文艺复兴时期伟大的剧作家和诗人,被称为"时代的灵魂"。他的戏剧,揭示了人文主义理想与现实生活之间的矛盾,有深刻的启迪意义。

"莎士比亚的戏剧是个美妙的万花镜,在这里面,世界的历史由一根无形的时间线索串连在一起。从我们眼前掠过。"巴尔扎克的概括形象有力,诗化的语言将莎翁作品的意义点化了出来。

一部作品,一个作家,只有成为"时代之镜",才能流芳百世。这也正是莎翁作品的影响力给予我们的启示。

「作者简介」

歌德(1749—1832),德国诗人、剧作家、批评家。主要作品有小说《少年维特之烦恼》,诗剧《浮士德》,自传《诗与真》等。

在马克思墓前的讲话

[德]恩格斯

> 正像达尔文发现有机界的发展规律一样,马克思发现了人类历史的发展规律,即历来为繁茂芜杂的意识形态所掩盖着的一个简单事实:人们首先必须吃、喝、住、穿,然后才能从事政治、科学、艺术、宗教等等。

3月14日下午两点三刻,当代最伟大的思想家停止思想了。让他一个人留在房间里不过两分钟,等我们再进去的时候,便发现他在安乐椅上安静地睡着了——但已经是永远地睡着了。

这个人的逝世,对于欧美战斗着的无产阶级,对于历史科学,都是不可估量的损失。这位巨人逝世以后所形成的空白,在不久的将来就会使人感觉到。

正像达尔文发现有机界的发展规律一样,马克思发现了人类历史的发展规律,即历来为繁茂芜杂的意识形态所掩盖着的一个简单事实：人们首先必须吃、喝、住、穿，然后才能从事政治、科学、艺术、宗教等等。所以，直接的物质的生活资料的生产，在一个民族或一个时代的一定的经济发展阶段，便构成为基础；人们的国家制度，法的观点，艺术以至宗教观念，就是从这个基础上发展起来的。因而，也必须由这个基础来解释，而不是像过去那样做得相反。

不仅如此，马克思还发现了现代资本主义生产方式和它所产生的资产阶级社会的特殊的运动规律。由于剩余价值的发现，而先前无论资产阶级经济学家或社会主义批评家所做的一切都只是在黑暗中摸索。

一生中能有这样两个发现，该是很够了，甚至只要能作出一个这样的发现，也已经是幸福的了。但马克思在他所研究的每一个领域（甚至在数学领域）都有独到的发现，这样的领域是很多的，而且其中任何一个领域他都不是肤浅地研究的。这位科学巨匠就是这样，但这在他身上远不是主要的。在马克思看来，科学是一种在历史上起推动作用的、革命的力量。任何一门理论科学中的每一个新发现，即使它的实际应用甚至还无法预见，都使马克思感到衷心喜悦。但是当有了立即会对工业、对一般历史发展产生革命影响的发现的时候，他的喜悦就完全不同了。例如，他曾经密切地注意电学方面各种发现的发展情况，不久以前，他还注意了马赛尔·德普勒的发现。

因为马克思首先是一个革命家。他毕生的真正使命，就是以这种或那种方式参加推翻资本主义社会及其所建立的国家设施的事业，参加现代无产阶级的解放事业，正是他第一次使现代无产阶级意识到自身的地位和需要，意识到自身解放的条件，这实际上就是他毕生的使命。斗争是他的生命要素。很少有人像他那样满腔热情、坚韧不拔和卓有成效地进行斗争。最早的《莱茵报》（1842年），巴黎的《前进报》（1844年），《德意志—布鲁塞尔报》（1847年），《新莱茵报》（1848—1849年），《纽约每日论坛报》（1852—1861年），以及许多富有战斗性的小册子，在巴黎、布鲁塞尔和伦敦各组织中的工作，最后是创立伟大的国际工人协会，作为这一切工作的完成——老实说，协会的这位创始人即使别的什么也没有做，也可以拿这一结果引以自豪。

正因为这样，所以马克思是当代最遭忌恨和最受诬蔑的人。各国政府——无论专制或共和政府——都驱逐他；资产者——无论保守派或极端民主派——都纷纷争先恐后地诽谤他、诅咒他。他对这一切毫不在意，把它们当作蛛丝一样轻轻抹去，只是在万分必要时才给予答复。现在他逝世了，在整个欧洲和美洲，从西伯利亚矿井到加利福尼亚，千百万革命战友无不对他表示尊敬、爱戴和悼念。而我敢大胆地说，他可能有过许多敌人，但未必有一个私敌。

他的英名和事业将永垂不朽！

心香一瓣

马克思主义哲学、马克思主义政治经济学、科学社会主义，是马克思留给世界的三座精神金矿。

恩格斯在这篇祭文中对马克思的贡献进行了客观而高度的评价，敬仰之情溢于言表。

作为伟大的无产阶级革命导师，马克思留给世界的不仅仅是思想财富，还有精神丰碑，指引着我们改造自身及世界的实践。

「作者简介」

恩格斯（1820—1895），德国哲学家，马克思主义的创始人之一。他是马克思的挚友，被誉为"第二提琴手"，为马克思创立马克思主义提供了大量经济上的支持，在马克思逝世后，他帮助马克思完成了未完成的《资本论》等著作，并且领导了国际工人运动。

责任、荣誉、国家

[美]道格拉斯·麦克阿瑟

责任——荣誉——国家。这三个神圣的名词庄严地提醒你应该成为怎样的人,可能成为怎样的人,一定要成为怎样的人。它们将使你精神振奋,在你似乎丧失勇气时鼓起勇气,似乎没有理由相信时重建信念,几乎绝望时产生希望。

今天早晨,当我走出旅馆时,看门人问道:"将军,您上哪去?"一听说我要去西点,他说:"那是个好地方,您从前去过吗?"

这样的荣誉是没有人不深受感动的。长期以来,我从事这个职业,又如此热爱这个民族,能获得这样的荣誉简直使我无法表达我的感情。然而,这种奖赏主要并不意味着对个人的尊崇,而是象征一个伟大的道德准则——捍卫这块可爱土地上的文化与古老传统的那些人的行为与品质的准则。这就是这个大奖章的意义。无论现在还是将来,它都是美国军人道德标准的一种体现。我一定要遵循这个标准,结合崇高的理想,唤起自豪感,同时始终保持谦虚……

责任—荣誉—国家。这三个神圣的名词庄严地提醒你应该成为怎样的人,可能成为怎样的人,一定要成为怎样的人。它们将使你精神振奋,在你似乎丧失勇气时鼓起勇气,似乎没有理由相信时重建信念,几乎绝望时产生希望。

遗憾得很,我既没有雄辩的辞令、诗意的想象,也没有华丽的隐喻向你们说明它们的意义。怀疑者一定要说它们只不过是几个名词,一句口号,一个浮夸的短词。每一个迂腐的学究,每一个蛊惑人心的政客,每一个玩世不恭的人,每一个伪君子,每一个惹是生非之徒,很遗憾,还有其他个性不甚正常的人,一定企图贬低它们,甚至对它们进行愚弄和嘲笑。

但这些名词确能做到:塑造你的基本特性,使你将来成为国防卫士;使你坚强起来,认清自己的懦弱,并勇敢地面对自己的胆怯。它们教导你在失败时要自尊,要不屈不挠;胜利时要谦和,不要以言语代替行动,不要贪图舒适;要面对重压和困难,勇敢地接受挑战;要学会巍然屹立于风浪之中,但对遇难者要寄予同情;要先律己而后律人;要有纯洁的心灵和崇高的目标;要学会笑,但不要忘记怎么哭;要向往未来,但不可忽略过去;要为人持重,但不可过于严肃;要谦虚,铭记真正伟大的淳朴,真正智慧的虚心,真正强大的温顺。它们赋予你意志的韧性,想象的质量,感情的活力,从生命的深处焕发精神,以勇敢的姿态克服胆怯,甘于冒险而不贪图安逸。它们在你们心中创造奇妙的意想不到的希望,以及生命的灵感与欢乐。它们就是以这种方式教导你们成为军人和君子。

你所率领的是哪一类士兵？他可靠吗？勇敢吗？他有能力赢得胜利吗？他的故事你全都熟悉，那是一个美国士兵的故事。我对他的评价是多年前在战场上形成的，至今没有改变。那时，我把他看作是世界上最高尚的人；现在，我仍然这样看他。他不仅是一个军事品德最优秀的人，而且也是一个最纯洁的人。他的名字与威望是每一个美国公民的骄傲。在青壮年时期，他献出了一切人类所赋予的爱情与忠贞。

他不需要我及其他人的颂扬，因为他已用自己的鲜血在敌人的胸前谱写了自传。可是，当我想到他在灾难中的坚忍，在战火里的勇气，在胜利时的谦虚，我满怀的赞美之情不禁油然而生。他在历史上已成为一位成功爱国者的伟大典范；他在未来将成为子孙认识解放与自由的教导者；现在，他把美德与成就献给我们。在数十次战役中，在上百个战场上，在成千堆营火旁，我亲眼目睹他坚韧不拔的不朽精神，热爱祖国的自我克制以及不可战胜的坚定决心，这些已经把他的形象铭刻在他的人民心中。从世界的这一端到另一端，他已经深深地为那勇敢的美酒所陶醉。

当我听到合唱队唱的这些歌曲，我记忆的目光看到第一次世界大战中步履蹒跚的小分队，从湿淋淋的黄昏到细雨蒙蒙的黎明，在透湿的背包的重负下疲惫不堪地行军，沉重的脚踝深深地踏在炮弹轰震过的泥泞路上，与敌人进行你死我活的战斗。

他们嘴唇发青，浑身污泥，在风雨中战斗着，从家里被赶到敌人面前，许多人还被赶到上帝的审判席上。

我不了解他们生得高贵，可我知道他们死得光荣。

他们从不犹豫，毫无怨恨，满怀信心，嘴边叨念着继续战斗，直到看到胜利的希望才合上双眼。

这一切都是为了它们——责任—荣誉—国家。当我们蹒跚在寻找光明与真理的道路上时，他们一直在流血、挥汗、洒泪。

20年以后，在世界的另一边，他们又面对着黑黝黝肮脏的散兵坑、阴森森恶臭的战壕、湿淋淋污浊的坑道，还有那酷热的火辣辣的阳光、疾风狂暴的倾盆大雨、荒无人烟的丛林小道。他们忍受着与亲人长期分离的痛苦煎熬、热带疾病的猖獗蔓延、兵燹地区的恐怖情景。他们坚定果敢的防御，他们迅速准确的攻击，他们不屈不挠的目的，他们全面彻底的胜利——永恒的胜利永远伴随着他们最后在血泊中的战斗。在战斗中，那些苍白憔悴的人们的目光始终庄严地跟随着责任—荣誉—国家的口号。

这几个名词包含着最高的道德准则，并将经受任何为提高人类道德水准而传播的伦理或哲学的检验。它所提倡的是正确的事物，它所制止的是谬误的东西。

高于众人之上的战士要履行宗教修炼的最伟大行为——牺牲。

在战斗中，面对着危险与死亡，他显示出造物主按照自己意愿创造人类时所赋予的品质。只有神明能帮助他、支持他，这是任何肉体的勇敢与动物的本能都代替不了的。

无论战争如何恐怖，招之即来的战士准备为国捐躯是人类最崇高的进化。

现在，你们面临着一个新世界——一个变革中的世界。人造卫星进入星际空间。卫星与导弹标志着人类漫长的历史进入了另一个时代——太空时代。自然科学告诉我们，在50亿年或更长的时期中，地球形成了；300万年或更长的时期中，人类形成了；人类历史还不曾有过一次更巨大、更令人惊讶的进化。我们不单要从现在这个世界，而且要从无法估算的距离，从神秘莫测的宇宙来论述事物。我们正在认识一个崭新的无边无际的世界。

我们谈论着不可思议的话题：控制宇宙的能源；让风力与潮汐为我们所用；创造空前的合成物质以补充甚至代替古老的基本物质；净化海水以供我们饮用；开发海底以作为财富与食品的新基地；预防疾病以使寿命延长几百岁；调节空气以使冷热、晴雨分布均衡；登月宇宙飞船；战争中的主要目标不仅限于敌人的武装力量，也包括其平民；集结起来的人类与某些星系行星的恶势力的最根本矛盾；使生命成为有史以来最扣人心弦的那些梦境与幻想。

为了迎接所有这些巨大的变化与发展，你们的任务将变得更加坚定而不可侵犯，那就是赢得我们战争的胜利。

你们的职业要求你们在这个生死关头勇于献身，此外，别无所求。其余的一切公共目的、公共计划、公共需求，无论大小，都可以寻找其他办法去完成；而你们就是受训参加战斗的，我们的职业就是战斗——决心取胜。在战争中最明确的目标就是为了胜利，这是任何东西都代替不了的。假如你失败了，国家就要遭到破坏，因此，你的职业惟一要遵循的就是责任—荣誉—国家。

其他人将纠缠于分散人们思想的国内外问题的争论，可是你将安详、宁静地屹立在远处，作为国家的卫士，作为国际矛盾怒潮中的救生员，作为硝烟弥漫的竞技场上的格斗士。一个半世纪以来，你们曾经防御、守卫、保护着解放与自由、权利与正义的神圣传统。

让平民百姓去辩论我们政府的功过：我们的国力是否因长期财

政赤字而衰竭,联邦的家长式传统是否势力过大,权力集团是否过于骄横自大,政治是否过于腐败,犯罪是否过于猖獗,道德标准是否降得太低,捐税是否提得太高,极端分子是否过于偏激,我们个人的自由是否像应有的那样完全彻底。这些重大的国家问题与你们的职业毫不相干,也无需使用军事手段来解决。我们的路标——责任—荣誉—国家,比夜里的灯塔要亮十倍。

你们是联系我国防御系统全部机构的纽带。当战争警钟敲响时,从你们的队伍中将涌现出手操国家命运的伟大军官。还从来没有人打败过我们。假如你也是这样,上百万身穿橄榄色、棕色、蓝色和灰色制服的灵魂将从他们的白色十字架下站起来,以雷霆般的声音喊出那神奇的口号——责任—荣誉—国家。这并不意味着你们是战争贩子。

相反,高于众人之上的战士祈求和平,因为他忍受着战争最深刻的伤痛与疮疤。可是,我们的耳边经常响起那位大智大慧的哲学之父柏拉图的警世之言:"只有死者才能看到战争的终结。"

我的生命已近黄昏,暮色已经降临。我过去的音调与色彩已经消失,它们已经随着往事的梦境模糊地溜走了。往日的回忆是非常美好的,是以泪水洗涤,以昨天的微笑抚慰的。我渴望但徒然地聆听着远处那微弱而迷人的起床号声,和那咚咚作响的军鼓声。在梦境里,我又听到隆隆的炮声,劈啪的步枪射击声,战场上古怪而悲伤的低语声。

然而,在我黄昏的记忆中,我总是来到西点,耳边始终回响着:责任—荣誉—国家。

今天标志我对你们的最后一次点名。但我希望你们知道,当我死去时,我最后自然想到的一定是你们这支部队——这支部队——这支部队。

我向你们告别了。

心香一瓣

只有心里怀着"责任、荣誉、国家"这样崇高的信念,一个军人才会有"捐躯赴国难,视死忽如归"的英雄气概和献身精神。

这种责任感和使命感,其实是爱国主义精神的崇高体现。在全球化浪潮席卷世界的今天,国家仍然是民族存在的最高组织形式,爱国主义因而还有着坚实的基础和丰富的意义。

爱国,从来都不是一句空话,而是体现在坚实的行动中。爱国,就是要以为国做贡献为人生的最高价值追求。

「作者简介」

道格拉斯·麦克阿瑟(1880—1964),美国著名军事家。第二次世界大战时期历任美国远东军司令、西南太平洋战区盟军司令;战后出任驻日盟军最高司令和"联合国军"总司令等。

不自由，毋宁死

[美]帕特里克·亨利

> 假如我们想得到自由，并拯救我们为之长期奋斗的珍贵权力的话，假如我们不愿彻底放弃我们长期所从事的，曾经发誓不取得最后胜利就决不放弃的光荣斗争的话，那么，我们必须战斗！

主席先生：

没有人比我更钦佩刚刚在会议上发言的先生们的爱国精神与见识才能。但是，人们常常从不同的角度来观察同一事物。因此，尽管我的观点与他们截然不同，我还是要毫无顾忌、毫无保留地讲出自己的观点，并希望不要因此而被认为是对先生们的不敬。此时不是讲客气话的时候，摆在各位代表面前的是国家存亡的大问题，我认为，这是关系到享受自由还是蒙受奴役的大问题。鉴于它事关重大，我们的辩论应该允许各抒己见。只有这样，我们才有可能搞清事物的真相，才有可能不辱于上帝和祖国所赋予我们的伟大使命。在这种时刻，如果怕冒犯各位的尊严而缄口不语，我将认为自己是对祖国的背叛和对比世界上任何国君都更为神圣的上帝的不忠。

主席先生，沉湎于希望的幻觉是人的天性。我们有闭目不愿正视痛苦现实的倾向，有倾听女海妖的惑人歌声的倾向，可那是能将人化为禽兽的惑人的歌声。这难道是在这场为获得自由而从事的艰苦卓绝的斗争中，一个聪明人所应持的态度吗？难道我们愿意做那种对这关系到是否蒙受奴役的大问题视而不见充耳不闻的人吗？就我个人而论，无论在精神上承受任何痛苦，我也愿意知道真理，知道最坏的情况，并为之做好一切准备。

我只有一盏指路明灯，那就是经验之灯，除了以往的经验以外，我不知道还有什么更好的方法来判断未来。而既要以过去的经验为依据，我倒希望知道，十年来英国政府的所做所为中有哪一点足以证明先生们用以欣然安慰自己及各位代表的和平希望呢？难道就是最近接受我们请愿时所流露出的阴险微笑吗？不要相信它，先生，那是在您脚下挖的陷阱。不要让人家的亲吻把您给出卖了。请诸位自问，接受我们请愿时的和善微笑与这如此大规模的海陆战争准备是否相称。难道舰艇和军队是对我们的爱护和战争调停的必要手段吗？难道为了解决争端，赢得自己的爱而诉诸武力，我们就应该表现出如此的不情愿吗？我们不要自己欺骗自己了，先生，这些都是战争和征服的工具，是国君采取的最后争执手段。主席先生，我要向主张和解的先生请教，这些战争部署究竟意味着什么？如果说其目的不在于迫使我们屈服的话，那么哪位先生能指出其动机所在？在我们这块土地上，还有哪些对手值得大不列颠征集如此规模的海陆军队呢？不，先生，没有其他对手了。一切都是针对我们而来，而不是针对别人。英国政府如此长久地锻造出的锁链要来桎梏我们了，我们该何以抵抗？还要靠辩论吗？先生，我们已经辩论十年了，可辩论出什么更好的抵御措施了吗？没有。我们已从各种角度考虑过了，但一切均是枉然。难道我们还要求救于哀告与祈求吗？难道我们还有什么更好方法未被采用吗？无需寻找了，先生，我恳求您，千万不要自己欺骗自己了。我们已经做了应该做的一切，来阻止这场即将来临的战争风暴。我们请愿过了，我们抗议过了，我们哀求过了，我们也曾拜倒在英国王的宝座下，恳求他出面干预，制裁国会和内阁中的残暴者。可我们的请愿受到轻侮，我们的抗议招致了新的暴力，我们的哀求被人家置之不理，我们被人家轻蔑地一脚从御座前踢开了。事到如今，我们再也不能沉迷于虚无缥缈的和平希望之中了。希望已不复存在！假如我们想得到自由，并拯救我们为之长期奋斗的珍贵权力的话，假如我们不愿彻底放弃我们长期所从事的、曾经发誓不取得最后胜利就决不放弃的光荣斗争的话，那么，我们必须战斗！我再重复一遍，必须战斗！我们的惟一出路只有诉诸武力，求助于战争之神。

主席先生，他们说我们的力量太单薄了，不能与如此强大凶猛的敌人抗衡。但是，我们何时才能强大起来呢？是下周？还是明年？还是等到我们完全被缴械，家家户户都驻守着英国士兵的时候呢？难道我们就这样仰面高卧，紧抱着那虚无缥缈的和平幻觉不放，直到敌人把我们的手脚都束缚起来的时候，才能获得有效的防御手段吗？先生们，如果我们能妥善利用自然之神赐予我们的有利条件，我们就不弱小。如果我们三百万人民在自己的国土上，为神圣的自由事业而武装起来，那么任何敌人都是无法战胜我们的。此外，先生们，我们并非孤军作战，主宰各民族命运的正义之神，会号召朋友们为我们而战。先生们，战争的胜负不仅仅取决于力量的强弱，胜利永远属于那些机警的、主动的、勇敢的人们。况且，我们已没有选择余地了。即使我们那样没有骨气，想退出这场战争，也为时晚矣！我们已毫无退路，除非甘受屈辱和奴役！囚禁我们的锁链已经铸就，波士顿草原上已经响起镣铐的叮响声。战争已不可避免——那就让它来吧！我再重复一遍，就让它来吧！

　　回避现实是毫无用处的。先生们会高喊：和平！和平！但和平安在？实际上，战争已经开始，从北方刮来的大风都会将武器的铿锵回响送进我们的耳鼓。我们的同胞已身在疆场了，我们为什么还要站在这里袖手旁观呢？先生们希望的是什么？想要达到什么目的？生命就那么可贵？和平就那么甜美！甚至不惜以戴锁链、受奴役的代价来换取吗？全能的上帝啊，阻止这一切吧！在这场斗争中，我不知道别人会如何行事；至于我，不自由，毋宁死！

心香一瓣

对自由的渴望和追求，是千百年来激发被压迫人们前仆后继地反抗和奋斗的一大动力。

自由，首先意味着人的言论和行动自由。每个社会成员都能够在社会允许的范围内自由表达意见、支配自己的行动，这也是衡量一个社会民主化进程的标尺之一。

自由，更意味着人的精神解放。每个个体生命都能够在社会各种规则框架内自由地追求自己的全面发展，满足自己的各种需要，这才能从根本上彰显一个社会的进步程度。

「作者简介」

帕特里克·亨利（1736—1799），美国独立战争时期的著名政治家和演说家。本篇是他1775年3月23日，在弗吉尼亚州议会上发表的著名演说，喊出了"不自由，毋宁死"的战争口号，严厉驳斥了妥协主张。

葛底斯堡演说

[美]亚伯拉罕·林肯

> 我们要从这些光荣的死者身上汲取更多的献身精神,来完成他们已经完全彻底为之献身的事业;我们要在这里下定最大的决心,不让这些死者白白牺牲;我们要使国家在上帝福佑下得到自由的新生,要使这个民有、民治、民享的政府永世长存。

八十七年前,我们的先辈们在这个大陆上创立了一个新国家,它孕育于自由之中,奉行一切人生来平等的原则。

现在我们正从事一场伟大的内战,以考验这个国家,或者任何一个孕育于自由和奉行上述原则的国家是否能够长久存在下去。我们在这场战争中的一个伟大战场上集会。烈士们为使这个国家能够生存下去而献出了自己的生命,我们来到这里,是要把这个战场的一部分奉献给他们作为最后安息之所。我们这样做是完全应该而且是非常恰当的。

但是，从更广泛的意义上来说，这块土地我们不能够奉献，不能够圣化，不能够神化。那些曾在这里战斗过的勇士们，活着的和去世的，已经把这块土地圣化了，这远不是我们微薄的力量所能增减的。我们今天在这里所说的话，全世界不大会注意，也不会长久地记住，但勇士们在这里所做过的事，全世界却永远不会忘记。毋宁说，倒是我们这些还活着的人，应该在这里把自己奉献于勇士们已经如此崇高地向前推进但尚未完成的事业。倒是我们应该在这里把自己奉献于仍然留在我们面前的伟大任务——我们要从这些光荣的死者身上汲取更多的献身精神，来完成他们已经完全彻底为之献身的事业；我们要在这里下定最大的决心，不让这些死者白白牺牲；我们要使国家在上帝福佑下得到自由的新生，要使这个民有、民治、民享的政府永世长存。

心香一瓣

1863年的葛底斯堡战役是美国南北战争中最为残酷的一战，也是南北战争的转折点。

林肯在演讲中表达了政府存在的目的——民有、民治、民享，将美国人民所追求的平等、自由、民主的政治和社会理想体现了出来。

任何一项伟大事业的实现，都是一批批人前仆后继地奋斗的结果，没有他们的矢志不渝、甘于牺牲的精神，历史的车轮就不能滚滚向前。过去争取战争胜利需要这种精神，今天进行各种建设事业同样需要这种精神。

「作者简介」

亚伯拉罕·林肯（1809—1865），美国第16任总统，也是首位共和党籍总统。在美国南北战争中，他带领人们废除了奴隶制度，维护了国家的统一。在内战结束后不久，不幸遇刺身亡。本文是他于南北战争中为纪念在葛底斯堡战役中阵亡的战士所发表的演讲。

我有一个梦想

[美]马丁·路德·金

> 我们共和国的缔造者在拟写宪法和独立宣言的辉煌篇章时，就签署了一张每一个美国人都能继承的期票。这张期票向所有人承诺——不论白人还是黑人——都享有不可让渡的生存权、自由权和追求幸福权。

100年前，一位伟大的美国人——今天我们就站在他象征性的身影下——签署了《解放宣言》。这项重要法令的颁布，对于千百万灼烤于非正义残焰中的黑奴，犹如带来希望之光的硕大灯塔，恰似结束漫漫长夜禁锢的欢畅黎明。

然而，100年后，黑人依然没有获得自由。100年后，黑人依然悲惨地蹒跚于种族隔离和种族歧视的枷锁之下。100年后，黑人依然生活在物质繁荣翰海的贫困孤岛上。100年后，黑人依然在美国社会中间向隅而泣，依然感到自己在国土家园中流离漂泊。所以，我们今天来到这里，要把这骇人听闻的情况公诸于众。

从某种意义上说，我们来到国家的首都是为了兑现一张支票。我们共和国的缔造者在拟写宪法和独立宣言的辉煌篇章时，就签署了一张每一个美国人都能继承的期票。这张期票向所有人承诺——不论白人还是黑人——都享有不可让渡的生存权、自由权和追求幸福权。

然而，今天美国显然对她的有色公民拖欠着这张期票。美国没有承兑这笔神圣的债务，而是开始给黑人一张空头支票——一张盖着"资金不足"的印戳被退回的支票。但是，我们决不相信正义的银行会破产。我们决不相信这个国家巨大的机会宝库会资金不足。

因此，我们来兑现这张支票。这张支票将给我们以宝贵的自由和正义的保障。

我们来到这块圣地还为了提醒美国：现在正是万分紧急的时刻。现在不是从容不迫悠然行事或服用渐进主义镇静剂的时候。现在是实现民主诺言的时候。现在是走出幽暗荒凉的种族隔离深谷，踏上种族平等的阳关大道的时候。现在是使我们国家走出种族不平等的流沙，踏上充满手足之情的磐石的时候。现在是使上帝所有孩子真正享有公正的时候。

忽视这一时刻的紧迫性，对于国家将会是致命的。自由平等的朗朗秋日不到来，黑人顺情合理哀怨的酷暑就不会过去。1963年不是一个结束，而是一个开端。

如果国家依然我行我素，那些希望黑人只需出出气就会心满意足的人将大失所望。在黑人得到公民权之前，美国既不会安宁，也不会平静。反抗的旋风将继续震撼我们国家的基石，直至光辉灿烂的正义之日来临。

但是，对于站在通向正义之宫艰险门槛上的人们，有一些话我必须要说。在我们争取合法地位的过程中，切不要错误行事导致犯罪。我们切不要吞饮仇恨辛酸的苦酒，来解除对于自由的饥渴。

我们应该永远得体地、纪律严明地进行斗争。我们不能容许我们富有创造性的抗议沦为暴力行动。我们应该不断升华到用灵魂力量对付肉体力量的崇高境界。

席卷黑人社会的新的奇迹般的战斗精神，不应导致我们对所有白人的不信任——因为许多白人兄弟已经认识到：他们的命运同我们的命运紧密相连，他们的自由同我们的自由休戚相关。他们今天来到这里参加集会就是明证。

我们不能单独行动。当我们行动时，我们必须保证勇往直前。我们不能后退。有人问热心民权运动的人："你们什么时候会感到满意？"只要黑人依然是不堪形容的警察暴行恐怖的牺牲品，我们就决不会满意。只要我们在旅途劳顿后，却被公路旁汽车游客旅社和城市旅馆拒之门外，我们就决不会满意。只要黑人的基本活动范围只限于从狭小的黑人居住区到较大的黑人居住区，我们就决不会满意。只要我们的孩子被"仅供白人"的牌子剥夺个性，损毁尊严，我们就决不会满意。只要密西西比州的黑人不能参加选举，纽约州的黑人认为他们与选举毫不相干，我们就决不会满意。不，不，我们不会满意，直至公正似水奔流，正义如泉喷涌。

我并非没有注意到你们有些人历尽艰难困苦来到这里。你们有些人刚刚走出狭小的牢房。有些人来自因追求自由而遭受迫害风暴袭击和警察暴虐狂飙摧残的地区。你们饱经风霜，历尽苦难。继续努力吧，要相信：无辜受苦终得拯救。

回到密西西比去吧；回到亚拉巴马去吧；回到南卡罗来纳去吧；回到佐治亚去吧；回到路易斯安那去吧；回到我们北方城市中的贫民窟和黑人居住区去吧。要知道，这种情况能够而且将会改变。我们切不要在绝望的深渊里沉沦。

朋友们，今天我要对你们说，尽管眼下困难重重，但我依然怀有一个梦。这个梦深深植根于美国梦之中。

我梦想有一天，这个国家将会奋起，实现其立国信条的真谛："我们认为这些真理不言而喻：人人生而平等。"

我梦想有一天，在佐治亚州的红色山岗上，昔日奴隶的儿子能够同昔日奴隶主的儿子同席而坐，亲如手足。

我梦想有一天，甚至连密西西比州——一个非正义和压迫的热浪逼人的荒漠之州，也会改造成为自由和公正的青青绿洲。

我梦想有一天，我的四个小女儿将生活在一个不是以皮肤的颜色，而是以品格的优劣作为评判标准的国家里。

我今天怀有一个梦。

我梦想有一天，亚拉巴马州会有所改变——尽管该州州长现在仍滔滔不绝地说什么要对联邦法令提出异议和拒绝执行——在那里，黑人儿童能够和白人儿童兄弟姐妹般地携手并行。

我今天怀有一个梦。

我梦想有一天，深谷弥合，高山夷平，歧路化坦途，曲径成通衢，上帝的光华再现，普天下生灵共谒。

这是我们的希望。这是我将带回南方去的信念。有了这个信念，我们就能从绝望之山开采出希望之石。有了这个信念，我们就能把这个国家的嘈杂刺耳的争吵声,变为充满手足之情的悦耳交响曲。有了这个信念,我们就能一同工作,一同祈祷,一同斗争,一同入狱,一同维护自由,因为我们知道,我们终有一天会获得自由。

到了这一天,上帝的所有孩子都能以新的含义高唱这首歌:

我的祖国,
可爱的自由之邦,
我为您歌唱。
这是我祖先终老的地方,
这是早期移民自豪的地方,
让自由之声,
响彻每一座山岗。

如果美国要成为伟大的国家,这一点必须实现。因此,让自由之声响彻新罕布什尔州的巍峨高峰!
让自由之声响彻纽约州的崇山峻岭!
让自由之声响彻宾夕法尼亚州的阿勒格尼高峰!
让自由之声响彻科罗拉多州冰雪皑皑的洛基山!
让自由之声响彻加利福尼亚州的婀娜群峰!
不,不仅如此;让自由之声响彻佐治亚州的石山!
让自由之声响彻田纳西州的望山!
让自由之声响彻密西西比州的一座座山峰,一个个土丘!
让自由之声响彻每一个山岗!

当我们让自由之声轰响,当我们让自由之声响彻每一个大村小庄,每一个州府城镇,我们就能加速这一天的到来。那时,上帝的所有孩子,黑人和白人,犹太教徒和非犹太教徒,耶稣教徒和天主教徒,将能携手同唱那首古老的黑人灵歌:"终于自由了!终于自由了!感谢全能的上帝,我们终于自由了!"

心香一瓣

"我有一个梦想",从马丁·路德·金发出这一声响彻世界的为自由而战的呼声起,民族主义运动就在世界各地如火如荼地展开着。

半个世纪后,自由、平等、人权的理想,虽然未能在各国完全实现,但世界的民主状况已经大大改观。

这说明,改变世界,并非天方夜谭。只要努力,世界将会随着心的舞台而旋转,再大的梦想也将不再只是梦。

「作者简介」

马丁·路德·金(1929—1968),美国黑人律师,著名黑人民权运动领袖。一生曾三次被捕,三次被行刺,1964年获诺贝尔和平奖。1968年被种族主义分子枪杀。他被誉为近百年来八大最具有说服力的演说家之一。1963年他领导25万人向华盛顿进行"大游行",为黑人争取自由平等和就业,并在游行集会上发表了这篇著名演说。

我们的共同人性更重要

[美]比尔·克林顿

> 关注每个人,了解每个人都需要新的开始。享受好的机遇,喜爱你的与众不同,但是要认识到我们的共性更加重要。

今天你可能已经听到了你们想听到的一切,但是我还是想花费一点时间来说一说这样一个事实:自从1968年以来这里就来过很多并不像我这样"郎当"的演讲者。第一位我想说的是马丁·路德·金,他在前些年的4月份被暗杀。我之所以记得他是因为那时我在乔治敦读高中。在他能够到这里演讲之前,被杀害。然后他的妻子柯瑞塔·斯科特代替他来演讲。然后你们又见到了特蕾莎修女和波诺。那么我所说的这些有什么共同之处呢?他们都是人性事业的灯塔,都受到过指责甚至是讽刺家们的非难。

两个星期前我刚刚看到这样一则消息:人类基因组测序成功后,在进一步的研究中人们发现了两种可以诱发糖尿病的基因。这一发现十分重要，因为现在在美国出生的三分之一的儿童将来都有可能发展为糖尿病。我们正在承担着子女寿命低于父母的风险，这并不是因为饥饿，而是我们的饮食不够健康合理，而且我们缺乏运动。然而这是一个很重大的问题。

  我们也更加兴奋于世界的多样化、个性化。看看如今的你们肯定和三十年前的听众大不相同。我们现在是如此多样化、个性化！当然，我们也有泄气的时候，因为在众多的机会中总是存在不公平的现象。这些机会中充满了危险性、不稳定性和不可靠性。近一半的人仍然生活在每日消费不足两美元的贫困中，十亿人每日生活费甚至不足一美元，十亿人食品短缺，十亿人的饮水问题没有保障。四分之一的人口死于艾滋病、肺结核、疟疾和一些因饮用水不纯净而引起的疾病。而所有的美国人都不会因上述问题而死亡，除非因为艾滋病病毒产生抗药性而死。

  在过去几十年中，我们拥有过六年经济增长黄金时期，这是一个股市全盛时期，也创下了四十年来财政收入的新高。每年工人的生产力都在提高，然而中产阶级的收入仍然不令人满意。每年仍然有人整日工作却生活在贫困线以下，仍然有人工作着却失去了健康保险，并且这个数字还在以4%的速度增长。这是一个不平等的时代，这是一个不稳定、多变的时代，我们每个人都会对恐怖主义、大规模杀伤性武器、禽流感敏感而惧怕。

  我这个月一直在看晚间新闻，真的很有趣。通过这些我了解到了邻里的小摩擦、布兰妮何时长头发这些八卦的新闻，同时我也了解到在印度、印尼和罗马尼亚由于当地爆发了禽流感致使该地区方圆三公里以内的禽类均被扑杀。晚间新闻正在和那些八卦节目同时播出。那是一件很好的事情，试想，如果一周内一直在看恐怖袭击事件横扫肯尼迪航天中心，有谁还有心情生活呢？

犹记几个月前，每个人看了此消息都会和我一样摇头：为了逃避英国航空公司的检查，恐怖分子将危险炸药放在了婴儿的奶瓶里。以后我总是询问一些人，当你知道这条新闻的时候有一阵阵寒意从你的脊梁骨涌出吗？他们的回答总是肯定的。因为他们都会想到，或许哪一次就有可能我们的亲人就在那样的飞机上。但是我要说，不平等是可改变的，不安全也是可控制的，我们的确可以想见在21世纪仍然有很多无辜的平民死于政治战火。可能下次无辜死亡的平民就是你们，因为世界正在走向联合。是的，这很危险很恐怖，但是我们暂时可以驾驭。

由于全球气候变化、资源短缺，地球无法完全供养整个人类。到2050年我们的人口将从现在的六十五亿迅速增长到九十亿，由于如今绝大部分人口过快增长的国家都无法有效地控制人口，所以九十亿这个数字绝非杞人忧天。这也是固定的。是因为气候变化导致这个问题吗？还是资源的短缺引起这个难题？你可以说是因为此。但是我认为最大的问题是人类的自我意识，以及相互间的、对整个人类的思考。如今世界并不平静，政治、宗教甚至思想的冲突，这些都使得我们分化，将对方妖魔化，我们每一个人都会用一个非常简单的设想去预示和我们冲突的对方的未来，而且这些人认为我们的不同思想比人类的共同目标重要得多。我认为特蕾莎修女被请来、波诺被请来、马丁·路德·金被请来都是因为他们都以人类的共同目标为己任，将其凌驾于人类的分歧之上。

在哈佛大学这样的体制下，你们独特的思想和有些无法捉摸的精神世界给了你们真正的无尽的空间。你们需要决定你们整个人生的历程，通过你们的思考你们需要对自己的未来做一个整体规划。我希望你们能够分担马丁·路德·金的理想，升华特蕾莎修女的精神，支持波诺对穷人的关注，参与特蕾莎修女的社会公益事业。随着非政府组织机构的兴起，普通的人能够为社会贡献自己更多的力量；随着世界传媒文化的发展、网络的更新，给予了权利以谨慎的定义，这些给了想贡献自己力量改变世界的人很大的机会。

　　关注每个人，了解每个人都需要新的开始。享受好的机遇，喜爱你的与众不同，但是要认识到我们的共性更加重要。

心香一瓣

随着全球化的迅速发展，人类越来越紧密地联系在一起，所面临的共同问题也越来越多。任何一个国家或民族都不能够独善其身，在求同存异的基础上加强互利合作，越来越成为广泛的国际共识。

尊重每个人、每个国家差异化的个性需求，很有必要，也是社会不断发展进步所追求的目标之一。但是，人类共同的人性需求更加重要，因为我们只有一个地球家园。

整体的利益永远大于局部的利益，我们不能只见树木不见森林，要追求可持续发展，才能造福千秋万代。

「作者简介」

比尔·克林顿（1946— ），美国律师、政治家，民主党成员，曾任阿肯色州州长（1979—1981年、1983—1992年）和第42任美国总统（1993—2001年）。2005年4月出任联合国海啸救灾特使。

我们所肩负的责任

[美]西奥多·罗斯福

> 我们没有什么理由畏惧未来，但是有充分理由认真地面对未来，既不对自己隐瞒摆在面前的问题的严重性，也不怕以百折不挠的意志处理这些问题，正确予以解决。

同胞们：

世界上没有哪一个民族比我们更有理由感到欣慰了，这样说是谦恭的，绝无夸耀力量之意，而是怀着对赐福于我们，使我们能够有条件获得如此巨大的幸福康乐的上帝的感激之情。作为一个民族，我们获得上帝的许可，在新大陆上奠下国民生活的基础。我们是时代的继承者，然而我们无须像在古老的国家那样，承受以往文明的遗留影响所强加的惩罚。我们不必为了自己的生存而去同任何异族抗衡；然而，我们的生活要求活力和勤奋，没有这些，雄健刚毅的美德就会消失殆尽。在这种条件下，倘若我们失败了，那便是我们自己的过错。我们在过去获得的成功，和我们深信未来将带给我们的成功，不应使我们目空一切，而是要深刻地长久地认识到生活为我们提供的一切，充分认识我们肩负的责任，并使我们矢志表明：在自由政府的领导下，一个强大的民族能够繁荣昌盛，物质生活如此，精神生活必也如此。

  我们被赋予的很多，期望于我们的自然也很多。我们对他人负有义务，对自己也负有义务，两者都不能逃避。我们已成为一个伟大的国家，这一事实迫使我们在同世界上其他国家交往时，我们的行为举止必须与负有这种责任的民族相称。对于其他一切国家，无论大国还是小国，我们的态度都必须热诚真挚友好。我们必须不仅用语言，而且以行动表明：我们公正、宽宏地承认他们的一切权利，用这种精神对待他们，我们热切希望能获得他们的善意。但是，一个国家的公正与宽宏，如同一个人的公正与宽宏一样，不是由弱者而是由强者表现出来时，才为人推崇。在我们极审慎地避免损害别人时，我们同样地坚持自己不受伤害。我们希望和平，但是我们希望的是公正的和平，正义的和平。我们这样希望是因为我们认为这是正确的，而不是因为我们怯懦胆小。行事果敢正义的弱国决无理由畏惧我们，强国则永远不能挑选我们作为蛮横入侵的对象。

  我们同世界上其他强国的关系是重要的，但更为重要的是我们内部之间的关系。随着国家在过去一百二十五年中所经历的财富、人口和力量的增长，就像每一个逐步壮大起来的国家所遇到的情况一样，各种问题也都不可避免地相应增长了。力量永远意味着责任和危险。先辈们曾面临某些我们这个时代不复存在的危险。我们现在面临的则是其他危险,这些危险的出现是先人所无法预见的。现代生活既复杂又紧张,我们的社会和政治肌体的每一根纤维,都能感觉到过去半个世纪里,工业的异常发展所引起的巨大变化。人们以前从来没有尝试过诸如在民主共和国的形式下,管理一个大陆的事务这般庞大而艰巨的实验。创造了奇迹般的物质幸福,并将我们的活力、自立能力和个人能动性发展到很高程度的那些条件,也带来了与工业中心巨大的财富积累不可分开的烦恼与焦虑。许多事情取决于我们的实验成功与否,这不仅关系到我们自己的幸福,而且关系到人类的幸福。倘若我们失败了,就会动摇全世界自由的自治政府的基础,因此,对于我们自己,对于当今世界,对于尚未出生的后代,我们负有重大责任。我们没有什么理由畏惧未来,但是有充分理由认真地面对未来,既不对自己隐瞒摆在面前的问题的严重性,也不怕以百折不挠的意志处理这些问题,正确予以解决。

然而,要知道,虽然这些是新问题,虽然摆在我们面前的任务不同于摆在创建并维护这个共和国的先辈面前的任务,但是,如果要很好地履行我们的责任,那么,承担这些任务和正视这些问题所必须发扬的精神依然根本没有改变。我们知道,自治是困难的。我们知道我们力求以组成本民族的自由人所自由表达的意愿来正确地管理自己的事务,没有哪一个民族需要如此高尚的特性。但我们坚信,我们不会背离先人们在辉煌的过去所创立的事业。他们干了他们的工作,他们为我们留下了我们如今所享受的辉煌的遗产,现在轮到我们,我们也坚信,我们一定不会浪费这份遗产,而且要进一步充实增加,留给我们的孩子,留给孩子们的后代。为此,我们不仅必须在重大危机中，而且要在日常事务中，都表现出注重实际的智慧，勇敢，刚毅和忍耐，尤其是献身于崇高理想的力量等优秀品质，而这些品质曾使华盛顿时代创建这个共和国的人们名垂青史，也曾使亚伯拉罕·林肯时代维护这个共和国的人们名垂青史。

心香一瓣

作为一个只有百年历史的新生国家，当时美国的资本主义经济虽然日趋繁荣，但在繁荣的表象下却潜伏着危机。

可贵的是，罗斯福总统上任之初就给美国人民吹响了信心的号角。他在演讲中，围绕着国家交往和内部问题这两个责任展开了论述，号召美国人民以百折不挠的意志应对即将面临的问题。

坚毅自信的态度，果敢无畏的勇气，让人真切感受到美利坚民族自由奔放、热情勇敢的精神。

「作者简介」

西奥多·罗斯福（1858—1919），美国第26任总统，也是美国历史上最年轻的总统。他上台后，努力革除托拉斯弊端，宣扬以公开方式调解劳资纠纷，一定程度上缓和了国内阶级矛盾。政治上主张为国家的兴隆必须加强总统的实权；在外交事务上信奉弱肉强食的帝国主义扩张理论，是"说话和气，手持大棒，定能成功"的"大棒政策"的鼓吹者。任职期间，因调停日俄战争而获得诺贝尔和平奖。本篇演讲是1905年罗斯福连任总统时发表的就职演讲。

我们惟一不得不害怕的就是害怕本身（节选）

[美]富兰克林·罗斯福

> 我们惟一不得不害怕的就是害怕本身——一种莫名其妙、丧失理智的、毫无根据的恐惧，它把人转退为进所需的种种努力化为泡影。

尊敬的胡佛总统，大法官，朋友们：

今天，对我们的国家来说，是一个神圣的日子。我肯定，同胞们都期待我在就任总统时，会像我国目前形势所要求的那样，坦率而果断地向他们讲话。现在正是坦白、勇敢地说出实话，说出全部实话的最好时刻。我们不必畏首畏尾、不老老实实面对我国今天的情况。这个伟大的国家会一如既往地坚持下去，它会复兴和繁荣起来。因此，让我首先表明我的坚定信念：我们惟一不得不害怕的就是害怕本身——种莫名其妙、丧失理智的、毫无根据的恐惧，它把人转退为进所需的种种努力化为泡影。凡在我国生活阴云密布的时刻，坦率而有活力的领导都得到过人民的理解和支持，从而为胜利准备了必不可少的条件。我相信，在目前危急时刻，大家会再次给予同样的支持。

我和你们都要以这种精神，来面对我们共同的困难。感谢上帝，这些困难只是物质方面的。价值难以想象地贬缩了；课税增加了；我们的支付能力下降了；各级政府面临着严重的收入短缺；交换手段在贸易过程中遭到了冻结；工业企业枯萎的落叶到处可见；农场主的产品找不到销路；千家万户多年的积蓄付之东流。更重要的是，大批失业公民正面临严峻的生存问题，还有大批公民正以艰辛的劳动换取微薄的报酬。只有愚蠢的乐天派会否认当前这些阴暗的现实。

但是，我们的苦恼绝不是因为缺乏物资。我们没有遭到什么蝗虫的灾害。我们的先辈曾以信念和无畏一次次转危为安，比起他们经历过的险阻，我们仍大可感到欣慰。大自然仍在给予我们恩惠，人类的努力已使之倍增。富足的情景近在咫尺，但就在我们见到这种情景的时候，宽裕的生活却悄然离去。这主要是因为主宰人类物资交换的统治者们失败了，他们固执己见而又无能为力，因而已经认定失败了，并撒手不管了。贪得无厌的货币兑换商的种种行径，将受到舆论法庭的起诉，将受到人类心灵理智的唾弃。

是的，他们是努力过，然而他们用的是一种完全过时的方法。面对信贷的失败，他们只是提议借出更多的钱。没有了当诱饵引诱人民追随他们的错误领导的金钱，他们只得求助于讲道，含泪祈求人民重新给予他们信心。他们只知自我追求者们的处世规则。他们没有眼光,而没有眼光的人是要灭亡的。

如今,货币兑换商已从我们文明庙宇的高处落荒而逃。我们要以千古不变的真理来重建这座庙宇。衡量这重建的尺度是我们体现比金钱利益更高尚的社会价值的程度。

幸福并不在于单纯地占有金钱,幸福还在于取得成就后的喜悦,在于创造努力时的激情。务必不能再忘记劳动带来的喜悦和激励,而去疯狂地追逐那转瞬即逝的利润。如果这些暗淡的时日能使我们认识到,我们真正的天命不是要别人侍奉,而是为自己和同胞们服务,那么,我们付出的代价就完全是值得的。

认识到把物质财富当作成功的标准是错误的,我们就会抛弃以地位尊严和个人收益为惟一标准,来衡量公职和高级政治地位的错误信念;我们必须制止银行界和企业界的一种行为,它常常使神圣的委托混同于无情和自私的不正当行为。难怪信心在减弱,信心,只有靠诚实、信誉、忠心维护和无私履行职责。而没有这些,就不可能有信心。

但是,复兴不仅仅只要改变伦理观念。这个国家要求行动起来,现在就行动起来。

我们最大、最基本的任务是让人民投入工作。只要我行之以智慧和勇气,这个问题就可以解决。这可以部分由政府直接征募完成,就像对待临战的紧要关头一样,但同时,在有了人手的情况下,我们还急需能刺激并重组巨大自然资源的工程。

我们齐心协力,但必须坦白地承认工业中心的人口失衡,我们必须在全国范围内重新分配,使土地在最适合的人手中发挥更大作用。明确地为提高农产品价值并以此购买城市产品所做的努力,会有助于任务的完成。避免许多小家庭业、农场业被取消赎取抵押品的权利的悲剧也有助于任务的完成。联邦、州、各地政府立即行动回应要求降价的呼声，有助于任务的完成。将现在常常是分散不经济、不平等的救济活动统一起来有助于任务的完成。对所有公共交通运输、通讯及其他涉及公众生活的设施作全国性的计划及监督有助于任务的完成。许多事情都有助于任务完成，但这些决不包括空谈。我们必须行动，立即行动。

最后，为了重新开始工作，我们需要两手防御，来抗御旧秩序恶魔卷土重来；一定要有严格监督银行业、信贷及投资的机制；一定要杜绝投机；一定要有充足而健康的货币供应。

以上这些，朋友们，就是施政方针。我要在特别会议上敦促新国会给予详细实施方案，并且，我要向48个州请求立即的援助。

让我们正视面前的严峻岁月，怀着举国一致给我们带来的热情和勇气，怀着寻求传统的、珍贵的道德观念的明确意识，怀着老老少少都能通过恪尽职守而得到的问心无愧的满足。我们的目标是要保证国民生活的圆满和长治久安。

我们并不怀疑基本民主制度的未来。合众国人民并没有失败。他们在困难中表达了自己的委托，即要求采取直接而有力的行动。他们要求有领导的纪律和方向。他们现在选择了我作为实现他们的愿望的工具。我接受这份厚赠。

在此举国奉献之际，我们谦卑地请求上帝赐福。愿上帝保信我们大家和每一个人，愿上帝在未来的日子里指引我。

心香一瓣

"我们惟一不得不害怕的就是害怕本身"。当时美国正陷于世界性的经济危机之中,罗斯福临危受命,他用这句话表明了尽力为人民创造就业机会的决心。这种无畏、坚定和果敢,给了那时的美国人民极大的鼓舞。

我们最大的敌人又何尝不是我们自己呢?心态决定成败。有时打败我们的往往并不是我们的对手,而恰恰是我们自己。因为担忧,因为恐惧,因为怀疑,我们常常不自觉地在自己前进的道路上设置了重重障碍,结果离成功渐行渐远、离失败越来越近。

自信,是成功的第一秘诀。学会了战胜自己,才能牵手成功。

「作者简介」

富兰克林·罗斯福(1882—1945),美国历史上惟一蝉联四届的总统。在任期间,推行"罗斯福新政"对付经济危机,颇有成效。他在第二次世界大战中扮演了重要的角色,还提出了建立联合国的构想。被评为美国最伟大的三位总统之一。本文是他于1933年发表的演讲。

历史上常有惊人的相似之处
——在布鲁塞尔举行的1846年克拉柯夫起义两周年纪念大会上的演说

[德]卡尔·马克思

> 克拉柯夫革命把民族问题和民主问题以及被压迫阶级的解放看作一回事,这就给整个欧洲作出了光辉的榜样。

先生们:

历史上常有惊人的相似之处。1793年的雅各宾党人成了今天的共产主义者。1793年俄罗斯、奥地利、普鲁士瓜分波兰的时候,这三个强国就以1791年的宪法为借口,据说这个宪法具有雅各宾党的原则因而遭到一致的反对。

1791年的波兰宪法到底宣布了什么呢?充其量也不过是君主立宪罢了,例如宣布立法权归人民代表掌握,宣布出版自由、信仰自由、公开审判、废除农奴制等等。所有这些当时竟被称为彻头彻尾的雅各宾原则!因之,先生们,你们看到了吧,历史已经前进了。

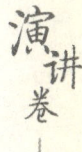

当年的雅各宾原则，在现在看来，即使说它是自由主义的话，也变成非常温和的了。

三个强国和时代并驾齐驱。1846年，因为把克拉柯夫归并给奥地利而剥夺了波兰仅存的民族独立，它们把过去曾称为雅各宾原则的一切东西都说成是共产主义。

克拉柯夫革命的共产主义到底是什么呢？是不是由于这革命的目的是复兴波兰民族，因而就是共产主义的革命呢？要是这么说，欧洲同盟为拯救民族而反对拿破仑的战争何尝不可以说成共产主义的战争，而维也纳会议又何尝不可以说成是由加冕的共产主义者所组成的呢？也许由于克拉柯夫革命力图建立民主政府，因而就是共产主义的革命吧？可是，谁也不会把共产主义意图妄加到伯尔尼和纽约的百万豪富身上去。

共产主义否认阶级存在的必要性；它要消灭任何阶级，消除任何阶级的差别。而克拉柯夫革命家只希望消除阶级间的政治差别；他们要给不同的阶级以同等的权利。到底在哪一点上说克拉柯夫的革命是共产主义的革命呢？

也许是由于这一革命要粉碎封建的锁链，解放封建劳役的所有制，使它变成自由的所有制、现代的所有制吧？

要是对法国的私有主说："你们可知道波兰的民主主义者要求的是什么？波兰民主主义者企图采用你们目前的所有制形式。"那么，法国的私有主会回答说："他们干得很好。"但是，要是和基佐先生一同再去向法国私有主说："波兰人要消灭的是你们1789年革命所建立的、而且如今依然在你们那里存在的所有制。"他们定会叫喊起来："原来他们是革命家，是共产主义者！必须镇压这些坏蛋！"在瑞典，废除行会和同业公会，实行自由竞争现在都被称为共产主义。《辩论日报》还更进一步，它说：剥夺20万选民出卖选票的收益，这就意味着消灭收入的来源，消灭正当获得的财产，这就意味着是一个共产主义者。毋庸置疑，克拉柯夫革命也希望消灭一种所有制。但这究竟是怎么样的所有制呢？这就是在欧洲其他地方不可能消灭的东西，正如在瑞士不可能消灭分离派同盟一样，因为两者都已不再存在了。

谁也不会否认，在波兰，政治问题是和社会问题联系着的。它们永远是彼此不可分离的。

但是，最好你们还是去请教一下反动派吧！难道在复辟时期，他们只和政治自由主义及作为自由主义的必然产物的伏尔泰主义这一沉重的压力战斗吗？

一个非常有名的反动作家坦白承认，不论德·梅斯特尔或是博纳德的最高的形而上学，最终都可以归结为金钱问题，而任何金钱问题难道不就是社会问题吗？复辟时期的活动家们并不讳言，如要回到美好的旧时代的政治，就应当恢复美好的旧的所有制，封建的所有制，道德的所有制。大家知道，不纳什一税，不服劳役，也就说不上对君主政体的忠诚。

让我们再回顾一下更早的时期。在1789年，人权这一政治问题本身就包含着自由竞争这一社会问题。

在英国又发生了什么呢？从改革法案开始到废除谷物法为止的一切问题上，各政党不是为改变财产关系而斗争又是为什么呢？他们不正是为所有制问题、社会问题而斗争吗？

就在这里，在比利时，自由主义和天主教的斗争不就是工业资本和大土地所有制的斗争吗?

难道这些讨论了十七年之久的政治问题,实质上不正是社会问题吗?

因而不论你们抱什么观点(自由主义的观点也好,激进主义的观点也好,甚至贵族的观点也好),你们怎么能责难克拉柯夫革命把政治问题和社会问题联系在一起呢?

领导克拉柯夫革命运动的人深信,只有民主的波兰才能获得独立,而如果不消灭封建权利,如果没有土地运动来把农奴变成自由的私有者,即现代的私有者,波兰的民主是不可能实现的。要是你们使波兰贵族去代替俄罗斯专制君主,那只不过是使专制主义改变一下国籍而已。德国人就是在对外的战争中也只是把一个拿破仑换成了三十六个梅特涅的。

即使俄罗斯的地主不再压迫波兰的地主,骑在波兰农民脖子上的依旧是地主,诚然,这是自由的地主而不是被奴役的地主。这种政治上的变化丝毫也不会改变波兰农民的社会地位。

克拉柯夫革命把民族问题和民主问题以及被压迫阶级的解放看作一回事,这就给整个欧洲作出了光辉的榜样。

虽然这次革命暂时被雇佣凶手的血手所镇压,但是现在它在瑞士及意大利又以极大的声势风起云涌。在爱尔兰,证实了这一革命原则是正确的,那里狭隘的民族主义政党已经和奥康奈尔一起死亡,而新的民族政党首先就要算是改革派和民主派的政党了。

波兰又重新表现了主动精神,但这已经不是封建的波兰,而是民主的波兰,从此波兰的解放将成为欧洲所有民主主义者的光荣事业。

心香一瓣

历史上常有惊人的相似之处。社会发展道路具有统一性和多样性，也充满了前进性和曲折性。

当生产关系不适应生产力的发展时，这种阻碍就会引起改革或革命的发生。而每一次变革，往往都是社会前进的转折点。历史起义的标志性意义正在于此。

历史终究是人民大众书写的。没有民主主义革命，就不会有被压迫民族今天的解放。当社会的发展已经处于停滞甚至倒退阶段时，就需要民众勇敢地揭竿而起，进行颠覆和突破。

「作者简介」

卡尔·马克思（1818—1883），无产阶级的伟大导师、科学共产主义的创始人。伟大的政治家、哲学家、经济学家、革命理论家。主要著作有《资本论》、《共产党宣言》等。本文是1848年马克思在布鲁塞尔民主协会为纪念波兰克拉柯夫起义两周年而举行的大会上发表的演说，正值欧洲大革命的前夕。

人类的良心
——在左拉墓前的演说

[法] 法朗士

> 这是善良的灵魂,左拉是善良的。他有伟大心灵的高尚性和单纯性。他的明显的悲观主义,以及在他的书面这么多地渲染着沉郁的幽默,可是却总隐藏不住地有一种真实的乐观主义,有一种对知识和正义发展的坚信。

先生们,爱米尔·左拉的友人邀我在他的坟头说几句话,我首先要向他的夫人,那分尝与减轻他早年生涯的辛劳的,鼓励他的荣誉日子的,以及在他激情和痛苦的时间用她不倦的专心去安慰他的——40年来他生活的伴侣,致我崇敬与吊唁之意。

先生们,至于说到左拉,他的光荣是再所应得的。我不将对于我的悲痛——以及他的一切友人们的——再说什么话了。对于那些在他们身后留给人以一个伟大记忆的人们,不是用追悼文和诔辞所能颂扬的。我们必须特别赞美他们的工作和生活,并且从中获得真诚的榜样。

左拉的文学工作是巨大的。刚才你们已经听到了作家协会主席以可钦的精确叙述过它的特点了。你们已经听到公共教育部长详细讲到它在知识和道德上的意义了。现在轮到我时，请允许我用少许的时间在这方面深说一下吧。

先生们，当我们看到那一块一块堆积起来的他的劳作，我们一定要惊异于它的伟大的。有些人羡慕它，另外一些人在它们的面前惊骇住了；有些人赞美它，另一些人却非难它。赞美和非难是一样的猛烈。这个权威的作家常被人衷心地但是不公正地加以责备（我知道这，因为我自己也曾经这么做过的）。诋毁和颂词掺杂在一起，可是他的工作却继续向前发展。

今天，当我们从它的全盘总和中去辨识这巨像的形态时，我们也就认清了那浸润在它内部的灵魂了。这是善良的灵魂，左拉是善良的。他有伟大心灵的高尚性和单纯性。他的明显的悲观主义，以及在他的书面这么多地渲染着沉郁的幽默，可是却总隐藏不住地有一种真实的乐观主义，有一种对知识和正义发展的坚信。他的小说——那都是社会的研究——以猛烈的憎恶谴责一种懒惰和琐屑的社会，卑鄙和有害的贵族制度，而且他反对我们这时代的罪恶：金钱的权力。他是一个民主主义者，可是他从来没有阿谀过人民，他努力使他们认识愚昧的束缚，酒精的危险，这些东西都会反过来使他们痴呆，使他们成为每一种压迫、每一种悲苦和每一种耻辱之无助的牺牲者。什么地方碰到社会的罪恶，他就反对它。他的憎恨就是这样的。在他的最后几本书中，他显示了对于人道主义之彻头彻尾的热爱。他努力去臆测和预言一个较好的社会。

他要求那享受人间幸福之果的人数永远增大。在思想和科学中他寄托了他的希望。他希望着劳动人类从机器这个新的力量中，不断地解放出来。

这个真诚的现实主义就获得了名誉。沉着安静而闻名遐迩，他享受着自己劳动的果实；可是忽然他毅然舍去了他的休息，丢掉了他爱好的工作，抛弃了他的生活的平静的快乐，我们在他的灵魂面前所发的声音，应该是庄严而沉静的；我们不将显示些什么，只是恬静与和谐。但是，你们知道，先生们，除了正义，就没有恬静；除了真理，就没有休息。这不是哲学上的真理——那是我们永远争论的对象——我所讲的是我们全都领会的道德真理，这真理对于我们的本性是有联系的，可触知的和相适合的，而且它是这样地接近我们甚至一个婴孩可以用手去碰到它。我不愿背弃正义。生命令我去赞美那值得赞美的东西。我不愿用怯懦的缄默去隐蔽真理。而且我们为什么要缄默呢？诽谤他的那些人何尝缄默着呀，在这灵魂面前，我只说我所应该说的，而我应该说的，我全都要说。

在追悼左拉为正义和真理而斗争的时候，难道我对于那些人能够保持缄默吗？他们决心要诬陷一个无罪的人使其破灭，他们知道，如果这个人被救出来，他们就要完了，因为这种恐惧就使他们用无耻的厚颜去攻击他。软弱而没有武器的左拉挺身而出来反对他们这点，我是有向你们告诉的义务的。我怎么能避而不谈以蒙蔽你们的视线呢？对于他们的谎话，我能够保持缄默吗？如果这样那便抹煞他英雄的正义感了。对于他们的罪行，我能够保持缄默吗？如果这样那便会隐匿他的道德了。对于他们在他身上所加的诽谤和不法行为，我能够保持缄默吗？如果这样那便会无视于他的反击和损害了他的名誉了。对于他们的羞耻，我能够保持默然吗？如果那样便会毁伤他的光荣了。不，我必须说话！

我要用死的景象所给与我们恬静和坚定性来追忆起那些黑暗的日子，那时候，自私和恐怖在政府会议中霸占了他们的位置。罪恶已经是众目昭彰了。但是，人感到支持和保障这一罪行的公开和秘密的力量是那样强大，以至即使最坚决的人也不免迟疑了。那些有责任出来讲话的人们保持他们的静默。他们中间最好的，即使自己不怕什么却也畏惧于使他们的党会陷入可怕的危险中去。由于无比的谎话和欺骗，可憎的谰辞的煽动，激起了人民群众的愤怒，他们竟然信了那些出卖他们的人了。一切公共舆论的领袖们，是惯于在这种罪恶面前，束手无策，反而加以袒护的。暗影愈加浓重了。一种凶兆的沉默在统治着。而就在这时候，左拉给共和国大总统写了那封适当其时的可怕的信，在那信上，他痛斥了阴谋诡计和妄证诬陷。

于是，那些犯罪者和他们利益的保护者们、以及被迫的从犯、一切联成一气的的反动政党及其受骗的群众，是以怎样的狂怒来打击他的啊！你们可以自身来作证，而且你们知道，也许有许多无罪的灵魂，在神圣的质朴中加入到被雇佣的诽谤者之隐蔽的扈从里了。你们也听到了，暴怒的咆哮以及那些野蛮的人要求他死亡的吠声，这死亡甚至于在法庭中也还追逐着他；经过那漫长的审判、根据虚假的证据，在指挥刀的操纵下，这一案件终于以故意做作的愚昧而急忙判决了。

我在这儿看到了在我们中间，有几个当时忠信地站在他一边和分尝他的危险的人们。让他们说，对于正义所加的暴行，是不是从来也没有过比这更大的，让他们告诉我们以他所带给他们的坚定不移的意志。让他们告诉我们，他的强有力的善良性，他的人性怜悯心以及他人待人接物的温情暖意，是不是曾经离弃过？或者说是不是他的坚贞笃信曾经有过动摇呢？

在那些恶劣的日子中，有许多善良的公民，失望于他的国家的福利，绝望于法兰西的道德命运。受到压迫的不仅是共和政体的保卫者，即使那共和政体的最坚决的敌人，一个不妥协的社会主义者，也用痉挛的声音喊出这样的话："如果社会是这样腐败堕落，那么即使它被颠覆了而要它作为一个新社会的地基，也怕是过于卑劣可耻了吧。"正义、光荣、思想——似乎全都不见了。

但是，一切都被挽救过来了，左拉不仅揭发了一件司法上的罪恶，而且他指斥了一切压迫和暴力的阴谋，指斥了它们之狼狈为奸和对于社会正义、共和观念以及法兰西自由思想的摧残损害。法兰西是被他的言辞的勇气所鼓舞起来了。

他的行动的成果是不可胜数的。在今天，它们显示了强大的力量和庄严性；它们绝无边际地伸展着；它们已经开始了社会主义运动，而这是没有任何东西可以阻止住它的。它们正在引起着事情之新的规律，根据更优良的正义和更深刻的全体权利的知识而找求出来的新规律。

先生们，世界上只有一个国家能够发生和经历这些伟大的事情。我们国家的精灵是多么可钦啊！在过去一世纪中，向欧洲及全世界告诉出人类权利的法兰西的灵魂是多么美丽啊！法兰西是美化的理性和仁慈的思想的国家，正义的掌持者，人道的哲学的土地，都尔哥、孟德斯鸠、伏尔泰和马来谢伯的故乡。左拉应该从他的国家受到奖赏,因为他对于在法兰西的正义,并没有感到绝望。

让我们不必为他的忍耐和受难而怜悯他吧。而我们宁可应该是羡慕他的。在那极可惊地层积起来的暴行上面,举发了愚昧、无知和邪恶的根源,他的光荣已经达到了仰不可攀的高度了。

让我们羡慕他:他已经以巨量的工作和伟大的业绩忠于他们国家和世界了。让我们羡慕他:他的命运和他的心灵已经使他获得了最大的幸福,他是当代人类的良心。

心香一瓣

左拉是19世纪后半期法国重要的批判现实主义作家和自然主义文学流派的领袖,被称为"知识分子的良心"。

马克·吐温曾写道:"一些教会和军事法庭多由懦夫、伪君子和趋炎附势之徒所组成;这样的人一年之中就可以造出一百万个,而造就出一个贞德或者一个左拉,却需要五百年!"

左拉的伟大,在于他为维护法兰西精神而反对法兰西,为维护正义与真理而奋不顾身,用自己的笔端诠释了"良心"的含义。

「作者简介」

阿纳托尔·法朗士(1844—1924),法国作家、文学评论家、社会活动家。1873年出版第一本诗集《金色诗篇》,此后以写文学批评文章成名;1881年出版《波纳尔之罪》,在文坛上声名大噪。此外还写有一系列的历史题材小说,如《苔依丝》、《鹅掌女王烤肉店》、《企鹅岛》、《诸神渴了》等。1921年获诺贝尔文学奖。

奥林匹克精神

[法]顾拜旦

强健的肌肉是欢乐、活力、镇静和纯洁的源泉。奥林匹克精神必将以现代产业发展所赋予的各种形式为地位最低下的公民所享受。这就是完整、民主的奥林匹克精神。

联邦主席先生、女士们、先生们：

5年前，来自世界各国的代表聚会在巴黎——1894年宣布恢复奥林匹克运动会的地方——同我们一起庆祝恢复奥林匹克运动会20周年。在过去的这5年内，世界崩溃了。虽然奥林匹克精神经历了这5年内所发生的一切，但是，她没有恐惧、没有斥责、也没有成为这场劫难的牺牲品。豁然开阔的前景证明一个崭新的重要角色正等待着她。

奥林匹克精神为逐渐变得镇静和自信的青年所崇尚。随着昔日古代文明力量的逐渐衰退，镇静和自信成为古代文明更宝贵的支撑，它们也将成为即将在暴风雨中诞生的未来新生文明必不可少的支柱。现在，镇静和自信却不是我们的天然伙伴。人自幼就开始担惊受怕，恐惧终身伴随着他，并在他走近坟墓时猛烈地将他击倒。面对如此擅长扰乱他工作和休息的天敌，人学会了反对勇气这一曾为我们的祖先所崇尚的品德。你能想象当代人让勇气之花在他们手中凋谢吗？我们知道今后该如何去思考这个问题。

但是，勇气仅是造就时势英雄的尚武德行。正如我以前在一篇教学论文中所说的，根除恐惧的真正良药是自信而不是勇气。自信总是与它的姐妹镇静相辅相成。因此，我们再回头来看刚才提到的奥林匹克精神的实质以及把奥林匹克精神同纯粹的竞技精神区别开来的特性。奥林匹克精神包括但又超越了竞技精神。

我想对这一不同之处作出详细阐述。运动员欣赏自己作出的努力。他喜欢施加于自己肌肉和神经上的那种紧张感，而且因为这种紧张感，即使他不能获胜，也会给人以胜利在望的感觉。但这种乐趣保留在运动员内心深处，在某种程度上只是自得其乐。那么设想一下当这种内心的快乐向外突发与大自然的乐趣和艺术的奔放融合在一起，当这种快乐为阳光所萦绕，为音乐所振奋，为带圆柱形门廊的体育馆所珍藏时，该是何等情景呢？这就是很久以前诞生在阿尔弗斯（Alpheus）河岸边的古代奥林匹克精神绚丽的梦想。在过去几千年里，正是这一迷人的梦想使古代世界凝聚在一起。

现在，我们正处于历史的转折关头。人类渴望进步，但又常常因某个正确思想被夸大而被引入歧途。青少年往往为陈旧、复杂的教学方法，愚蠢的放纵和鲁莽的严厉相交替的说教，以及拙劣肤浅的哲学所束缚而失去平衡。我想这就是为何要敲响重开奥林匹克时代的钟声的原因。人们早就希望能够复兴对强健肌肉的献祭。我们把盎格鲁-撒克逊人（Anglo-Saxons）的运动功利主义同古希腊留传下来的高尚、强烈的观念结合起来，开辟奥林匹克新时代。在对纽约和伦敦举办奥运会的现实可能性作出评估后，我为这一意外的合成物向不朽的希腊祈求一剂理想主义的良药。先生们，这就是15年的成就于今天凝成的杰作——刚才你们还向她表达了敬意。

如果你们的赞美之辞是向为之工作的人说的，我将感到羞愧。这个人没有意识到他应受这样的赞扬，因为他仅仅是凭一种比其意识还强大的直觉在行事。但他愉快地接受对奥林匹克理想的赞美之辞，他是这一理想的第一个信徒。

我刚才回忆起1914年6月的庆典。当时，我们似乎是在为恢复奥林匹克的理想变成现实而庆祝。今天，我觉得又一次目睹她含苞怒放，因为从现在起，如果只有少数人关心她的话，我们的事业将一事无成。在那时，有这些人也许就够了，但今天则不然，需要触动怀有共同兴趣的大众。事实是，凭什么该把大众排除在奥林匹克精神之外呢？凭什么样的贵族法令将一个青年男子的形体美和强健的肌肉、坚持锻炼的毅力和获胜的意志同他祖先的名册或他的钱包联系起来呢？这样的矛盾虽然没有法律依据，但的确要比产生这些矛盾的社会更具生命力。也许该有一个由凶暴的军国主义支持的专制法令给它们予以致命的打击。

面对一个需要根据迄今仍被认为是乌托邦式的、但现在已成熟即可被使用的原则进行整顿的全新世界，人类必须吸收古代留传下来的全部力量来构筑未来。奥林匹克精神是这种力量之一，因为事实是仅有奥林匹克精神不足以确保社会和平，不能更加均衡地为人类分配生产和消费物质必需品的权利，甚至也不能够为青少年提供免费接受智力培训的机会，使他们能够保持自己的天赋，而不是停留在其父母生活的那种境况。但是，奥林匹克精神将依法为人类追求强健的肌肉所需要。强健的肌肉是欢乐、活力、镇静和纯洁的源泉。奥林匹克精神必将以现代产业发展所赋予的各种形式为地位最低下的公民所享受。这就是完整、民主的奥林匹克精神。今天我们正在为她奠定基础。

这次庆祝仪式是在极为祥和欢乐的气氛中举行的。古老的赫尔维希亚（Helvetion）联邦最高委员会及其尊敬的主席、被上帝和人类所爱的沃州（Vaudois）地区的资深代表、这个最慷慨和热情好客的城市的领导人士、享誉世界的歌星以及一支精心挑选的朝气蓬勃的体育队伍聚集在这里，为这次盛会树立了历史性、公民精神、自然性、青春和艺术性五重声誉。

愿喜爱勇敢者的幸运之神厚待比利时人民。不久前，比利时在申办明年的第七届奥运会这一殊荣时作出了高贵的姿态。

目前的时势依然很严峻。即将破晓的黎明是暴风雨过后的那种黎明，但待到日近中天时，阳光会普照大地，黄褐色的玉米又将沉甸甸地压在收获者的双臂。

心香一瓣

每一届的奥林匹克运动会都成为举世瞩目的盛大赛事，足以说明其所代表的意义已经远远超越了体育界的范畴。

相互了解、友谊、团结和公平竞争的奥林匹克精神，是成就每一种事业必须具备的精神。随着信息业和交通运输业的发展，单枪匹马撑起一番事业的可能性越来越小。一个不具备团队精神的人，很难有所成就。

奥林匹克精神，也是人与人、国与国之间相处不可或缺的精神。合则两利，斗则两伤。违背和平共处的交往原则，就会饱尝代价。

勇气、毅力、激情、活力等，也是奥林匹克精神的内涵。爱奥运，更要懂得奥林匹克精神的内涵，并将其发扬光大。

「作者简介」

顾拜旦（1863—1937），法国著名教育家、国际体育活动家、教育学家和历史学家、现代奥林匹克运动的发起人。1896年至1925年，他曾任国际奥林匹克委员会主席，并设计了奥运会会徽、会旗。由于他的贡献，被国际上誉为"奥林匹克之父"。本文是他于1919年4月在瑞士洛桑的演讲。

地球在转动

[意大利] 伽利略

但是自然科学的结论必须是正确的、必然的，不以人们的意志为转移的，我们讨论时就得小心，不要使自己为错误辩护；因为在这里，任何一个平凡的人，只要他碰巧找到了真理，那么1000个狄摩斯提尼和1000个亚里士多德都要陷于困境。

昨天我们决定在今天碰头，把那些自然规律的性质和功用谈谈清楚，并且尽量地谈得详细一点。关于自然规律，到目前为止，一方面有拥护亚里士多德和托勒密立场的人提出的那些，另一方面还有哥白尼体系的信徒提出的那些。由于哥白尼把地球放在运动的天体中间，说地球是像行星一样的一个球，所以我们的讨论不妨从考察逍遥学派攻击哥白尼这个假设不能成立的理由开始，看看他们提出些什么论证，论证的效力究竟多大。

在我们的时代，的确有些新的事情和新观察到的现象，如果亚里士多德现在还活着的话，我敢说他一定会改变自己的看法。这一点我们从他自己的哲学论述方式上，也会很容易地推论出来，因为他在书上说天不变等等，是由于没有人看见天上产生过新东西，也没有看见什么旧东西消失，言下之意，他好像在告诉我们，如果他看见了这类事情，他就会作出相反的结论；他这样把感觉经验放在自然理性之上是很对的。如果他不重视感觉经验，他就不会根据没有人看见过天有变化而推断天不变了。

如果我们是在讨论法律上或者古典文学上的一个论点，其中不存在什么正确和错误的问题，那么也许可以把我们的信心寄托在作者的信心、辩才和丰富经验上，并且指望他在这方面的卓越成就能使他把他的立论讲得娓娓动听，而且人们不妨认为这是最好的陈述。但是自然科学的结论必须是正确的、必然的，不以人们的意志为转移的，我们讨论时就得小心，不要使自己为错误辩护；因为在这里，任何一个平凡的人，只要他碰巧找到了真理，那么1000个狄摩斯提尼和1000个亚里士多德都要陷于困境。所以，辛普利邱，如果你还存在着一种想法或者希望，以为会有什么比我们有学问得多、渊博得多、博览得多的人，能够不理会自然界的实况，把错误说成真理，那你还是断了念头吧。

亚里士多德承认，由于距离太远很难看见天体上的情形，而且承认，哪一个人的眼睛能更清楚地描绘它们，就能更有把握地从哲学上论述它们。现在多谢有了望远镜，我已经能够使天体离我们比离亚里士多德近三四十倍，因此能够辨别出天体上的许多事情，都是亚里士多德所没有看见的；别的不谈，单是这些太阳黑子就是他绝对看不到的。所以我们要比亚里士多德更有把握地对待天体和太阳。

某些现在还健在的先生们，有一次去听某博士在一所有名的大学里演讲，这位博士听见有人把望远镜形容一番，可是自己还没有见过，就说这个发明是从亚里士多德那里学来的。他叫人把一本课本拿来，在书中某处找到关于天上的星星为什么白天可以在一口深井里看得见的理由。这时候那位博士就说："你们看，这里的井就代表管子；这里的浓厚气体就是发明玻璃镜片的根据。"最后他还谈到光线穿过比较浓厚和黑暗的透明液体使视力加强的道理。

实际的情形并不完全如此。你说说，如果亚里士多德当时在场，听见那位博士把他说成是望远镜的发明者，他是不是会比那些嘲笑那位博士和他那些解释的人，感到更加气愤呢？你难道会怀疑，如果亚里士多德能看到天上的那些新发现，他将改变自己的意见，并修正自己的著作，使之能包括那些最合理的学说吗？那些浅薄到非要坚持他曾经说过的一切话的鄙陋的人，难道他不会抛弃他们吗？怎么说呢？如果亚里士多德是他们所想象的那种，他将是顽固不化、头脑固执、不可理喻的人，一个专横的人，把一切别的人都当作笨牛，把他自己的意志当作命令，而凌驾于感觉、经验和自然界本身之上。给亚里士多德戴上权威和王冠的，是他的那些信徒，他自己并没有窃取这种权威地位，或者据为己有。由于披着别人的外衣藏起来比公开出头露面方便得多，他们变得非常怯懦，不敢越出亚里士多德一步；他们宁可随便地否定他们亲眼看见的天上那些变化，而不肯动亚里士多德的天界一根毫毛。

心香一瓣

"吾爱吾师，吾更爱真理。"畏惧错误，就是毁灭进步。如果没有像伽利略这样敢于坚持与捍卫真理的人，那么人类的自然科学史或许会被改写，生产力的发展和社会的进步过程也要延缓很多。

"真理是时间的孩子，不是权威的孩子。"一时强弱在于力，千秋胜负在于理。尽管历史上人类为追求和捍卫真理的代价沉重了些，但时间最终证明了这种付出的伟大价值。

一小步的正确坚持，换来的是社会一大步的前进。坚定地站在真理这一边，才能站得稳、站得久。

「作者简介」

伽利略（1564—1642），文艺复兴时期的意大利科学家，近代实验物理学的奠基者。他是第一个制造和使用天文望远镜的人，论证了地球的自转和地球绕太阳的公转，被誉为"当代的阿基米德"。

敬 启

在本书编著的过程中,我们积极联系广大作者,也得到了绝大部分作者的同意,在此我们表示衷心的感谢。但由于种种原因,尚有少数著作权人未能取得联系,请原著作权人见到本书后,联系010—59767135,我们将按照国家相关规定支付稿酬。

本书所涉部分作品版权由中国文字著作权协会代理,地址:北京市朝阳区京广中心商务楼四层,邮编:100020,电话:010—65978906,传真:65978926。Email: chinacopyright@yahoo.cn